FRANK WEDEKIND

FRÜHLINGSERWACHEN

Eine Kindertragödie

Dem vermummten Herrn

der Verfasser

HAMBURGER LESEHEFTE VERLAG
HUSUM/NORDSEE

PERSONEN

MELCHIOR GABOR
HERR GABOR, *sein Vater*
FRAU GABOR, *seine Mutter*
WENDLA BERGMANN
FRAU BERGMANN, *ihre Mutter*
INA MÜLLER, *Wendlas Schwester*
MORITZ STIEFEL
RENTIER STIEFEL, *sein Vater*
OTTO
ROBERT
GEORG ZIRSCHNITZ
ERNST RÖBEL
HÄNSCHEN RILOW
LÄMMERMEIER
} *Gymnasiasten*
MARTHA BESSEL
THEA
} *Schülerinnen*
ILSE, *ein Modell*
REKTOR SONNENSTICH
HUNGERGURT
KNOCHENBRUCH
AFFENSCHMALZ
KNÜPPELDICK
ZUNGENSCHLAG
FLIEGENTOD
HABEBALD, *Pedell*
} *Gymnasialprofessoren*
PASTOR KAHLBAUCH
ZIEGENMELKER, *Freund Rentier Stiefels*
ONKEL PROBST
DIETHELM
REINHOLD
RUPRECHT
HELMUTH
GASTON
} *Zöglinge der Korrektionsanstalt*
DR. PROKRUSTES
EIN SCHLOSSERMEISTER
DR. VON BRAUSEPULVER, *Medizinalrat*
DER VERMUMMTE HERR
Gymnasiasten, Winzer, Winzerinnen.

ERSTER AKT

ERSTE SZENE

Wohnzimmer.

WENDLA. Warum hast du mir das Kleid so lang gemacht, Mutter?

FRAU BERGMANN. Du wirst vierzehn Jahr heute!

WENDLA. Hätt ich gewusst, dass du mir das Kleid so lang machen werdest, ich wäre lieber nicht vierzehn geworden.

FRAU BERGMANN. Das Kleid ist nicht zu lang, Wendla. Was willst du denn! Kann ich dafür, dass mein Kind mit jedem Frühling wieder zwei Zoll größer ist? Du darfst doch als ausgewachsenes Mädchen nicht in Prinzesskleidchen einhergehen.

WENDLA. Jedenfalls steht mir mein Prinzesskleidchen besser als diese Nachtschlumpe. – Lass mich's noch einmal tragen, Mutter! Nur noch den Sommer lang. Ob ich nun vierzehn zähle oder fünfzehn, dies Bußgewand wird mir immer noch recht sein. – Heben wir's auf bis zu meinem nächsten Geburtstag; jetzt würd ich doch nur die Litze heruntertreten.

FRAU BERGMANN. Ich weiß nicht, was ich sagen soll. Ich würde dich ja gerne so behalten, Kind, wie du gerade bist. Andere Mädchen sind stakig und plump in deinem Alter. Du bist das Gegenteil. – Wer weiß, wie du sein wirst, wenn sich die andern entwickelt haben.

WENDLA. Wer weiß – vielleicht werde ich n i c h t mehr sein.

FRAU BERGMANN. Kind, Kind, wie kommst du auf die Gedanken!

WENDLA. Nicht, liebe Mutter; nicht traurig sein!

FRAU BERGMANN *(sie küssend).* Mein einziges Herzblatt!

WENDLA. Sie kommen mir so des Abends, wenn ich nicht einschlafe. Mir ist gar nicht traurig dabei, und ich weiß, dass ich dann umso besser schlafe. – Ist es sündhaft, Mutter, über derlei zu sinnen?

FRAU BERGMANN. Geh denn und häng das Bußgewand in den Schrank! Zieh in Gottes Namen dein Prinzesskleidchen wieder an! – Ich werde dir gelegentlich eine Handbreit Volants unten ansetzen.

WENDLA *(das Kleid in den Schrank hängend).* Nein, da möcht ich schon lieber gleich vollends zwanzig sein . . .!

FRAU BERGMANN. Wenn du nur nicht zu kalt hast! – Das Kleidchen war dir ja seinerzeit reichlich lang; aber . . .

WENDLA. Jetzt, wo der Sommer kommt? – O Mutter, in den Kniekehlen bekommt man auch als Kind keine Diphtheritis! Wer wird so kleinmütig sein. In meinen Jahren friert man noch nicht – am wenigsten an die Beine. Wär's etwa besser, wenn ich zu heiß hätte, Mutter? – Dank es dem lieben Gott, wenn sich dein Herzblatt nicht eines Morgens die Ärmel wegstutzt und dir so zwischen Licht abends ohne Schuhe und Strümpfe entgegentritt! – Wenn ich mein Bußgewand trage, kleide ich mich darunter wie eine Elfenkönigin ... Nicht schelten, Mütterchen! Es sieht's dann ja niemand mehr.

ZWEITE SZENE

Sonntag Abend.

MELCHIOR. Das ist mir zu langweilig. Ich mache nicht mehr mit.
OTTO. Dann können wir andern nur auch aufhören! – Hast du die Arbeiten, Melchior?
MELCHIOR. Spielt ihr nur weiter!
MORITZ. Wohin gehst du?
MELCHIOR. Spazieren.
GEORG. Es wird ja dunkel!
ROBERT. Hast du die Arbeiten schon?
MELCHIOR. Warum soll ich denn nicht im Dunkeln spazieren gehn?
ERNST. Zentralamerika! – Ludwig der Fünfzehnte! Sechzig Verse Homer! – Sieben Gleichungen!
MELCHIOR. Verdammte Arbeiten!
GEORG. Wenn nur wenigstens der lateinische Aufsatz nicht auf morgen wäre!
MORITZ. An nichts kann man denken, ohne dass einem Arbeiten dazwischenkommen!
OTTO. Ich gehe nach Hause.
GEORG. Ich auch, Arbeiten machen.
ERNST. Ich auch, ich auch.
ROBERT. Gute Nacht, Melchior.
MELCHIOR. Schlaft wohl!

(Alle entfernen sich bis auf Moritz und Melchior.)

MELCHIOR. Möchte doch wissen, wozu wir eigentlich auf der Welt sind!
MORITZ. Lieber wollt ich ein Droschkengaul sein um der Schule

willen! – Wozu gehen wir in die Schule? – Wir gehen in die Schule, damit man uns examinieren kann! – Und wozu examiniert man uns? – Damit wir durchfallen. – Sieben müssen ja durchfallen, schon weil das Klassenzimmer oben nur sechzig fasst. – Mir ist so eigentümlich seit Weihnachten ... hol mich der Teufel, wäre Papa nicht, heut noch schnürt ich mein Bündel und ginge nach Altona!

MELCHIOR. Reden wir von etwas anderem. –

(Sie gehen spazieren.)

MORITZ. Siehst du die schwarze Katze dort mit dem emporgereckten Schweif?

MELCHIOR. Glaubst du an Vorbedeutungen?

MORITZ. Ich weiß nicht recht. – – Sie kam von drüben her. Es hat nichts zu sagen.

MELCHIOR. Ich glaube, das ist eine Charybdis, in die jeder stürzt, der sich aus der Skylla religiösen Irrwahns emporgerungen. – – Lass uns hier unter der Buche Platz nehmen. Der Tauwind fegt über die Berge. Jetzt möchte ich droben im Wald eine junge Dryade sein, die sich die ganze lange Nacht in den höchsten Wipfeln wiegen und schaukeln lässt ...

MORITZ. Knöpf dir die Weste auf, Melchior!

MELCHIOR. Ha – wie das einem die Kleider bläht!

MORITZ. Es wird weiß Gott so stockfinster, dass man die Hand nicht vor den Augen sieht. Wo bist du eigentlich? – – Glaubst du nicht auch, Melchior, dass das Schamgefühl im Menschen nur ein Produkt seiner Erziehung ist?

MELCHIOR. Darüber habe ich erst vorgestern noch nachgedacht. Es scheint mir immerhin tief eingewurzelt in der menschlichen Natur. Denke dir, du sollst dich vollständig entkleiden vor deinem besten Freund. Du wirst es nicht tun, wenn er es nicht zugleich auch tut. – Es ist eben auch mehr oder weniger Modesache.

MORITZ. Ich habe mir schon gedacht, wenn ich Kinder habe, Knaben und Mädchen, so lasse ich sie von früh auf im nämlichen Gemach, wenn möglich auf ein und demselben Lager, zusammen schlafen, lasse ich sie morgens und abends beim An- und Auskleiden einander behilflich sein und in der heißen Jahreszeit, die Knaben sowohl wie die Mädchen, tagsüber nichts als eine kurze, mit einem Lederriemen gegürtete Tunika aus weißem Wollstoff tragen. – Mir ist, sie müssten, wenn sie so heranwachsen, später ruhiger sein, als wir es in der Regel sind.

MELCHIOR. Das glaube ich entschieden, Moritz! – Die Frage ist nur, wenn die Mädchen Kinder bekommen, was dann?

MORITZ. Wieso Kinder bekommen?

MELCHIOR. Ich glaube in dieser Hinsicht nämlich an einen gewissen Instinkt. Ich glaube, wenn man einen Kater zum Beispiel mit einer Katze von Jugend auf zusammensperrt und beide von jedem Verkehr mit der Außenwelt fern hält, d. h. sie ganz nur ihren eigenen Trieben überlässt – dass die Katze früher oder später doch einmal trächtig wird, obgleich sie sowohl wie der Kater niemand hatten, dessen Beispiel ihnen hätte die Augen öffnen können.

MORITZ. Bei Tieren muss sich das ja schließlich von selbst ergeben.

MELCHIOR. Bei Menschen glaube ich erst recht! Ich bitte dich, Moritz, wenn deine Knaben mit den Mädchen auf ein und demselben Lager schlafen und es kommen ihnen nun unversehens die ersten männlichen Regungen – ich möchte mit jedermann eine Wette eingehen …

MORITZ. Darin magst du ja Recht haben. – Aber immerhin …

MELCHIOR. Und bei deinen Mädchen wäre es im entsprechenden Alter vollkommen das Nämliche! Nicht, dass das Mädchen gerade … man kann das ja freilich so genau nicht beurteilen … jedenfalls wäre vorauszusetzen … und die Neugierde würde das Ihrige zu tun auch nicht verabsäumen!

MORITZ. Eine Frage beiläufig –

MELCHIOR. Nun?

MORITZ. Aber du antwortest?

MELCHIOR. Natürlich!

MORITZ. Wahr?!

MELCHIOR. Meine Hand darauf. – – Nun, Moritz?

MORITZ. Hast du den Aufsatz schon??

MELCHIOR. So sprich doch frisch von der Leber weg! – Hier hört und sieht uns ja niemand.

MORITZ. Selbstverständlich müssten meine Kinder nämlich tagsüber arbeiten, in Hof und Garten, oder sich durch Spiele zerstreuen, die mit körperlicher Anstrengung verbunden sind. Sie müssten reiten, turnen, klettern und vor allen Dingen nachts nicht so weich schlafen wie wir. Wir sind schrecklich verweichlicht. – Ich glaube, man träumt gar nicht, wenn man hart schläft.

MELCHIOR. Ich schlafe von jetzt bis nach der Weinlese überhaupt nur in meiner Hängematte. Ich habe mein Bett hinter den Ofen gestellt. Es ist zum Zusammenklappen. – Vergangenen Winter träumte mir einmal, ich hätte unsern Lolo so lange gepeitscht, bis er kein Glied mehr rührte. Das war das Grauenhafteste, was ich je geträumt habe. – Was siehst du mich so sonderbar an?

MORITZ. Hast du sie schon empfunden?

MELCHIOR. Was?

MORITZ. Wie sagtest du?

MELCHIOR. Männliche Regungen?

MORITZ. M-hm.

MELCHIOR. – Allerdings!

MORITZ. Ich auch. –

MELCHIOR. Ich kenne das nämlich schon lange! – Schon bald ein Jahr.

MORITZ. Ich war wie vom Blitz gerührt.

MELCHIOR. Du hattest geträumt?

MORITZ. Aber nur ganz kurz . . . von Beinen im himmelblauen Trikot, die über das Katheder steigen – um aufrichtig zu sein, ich dachte, sie wollten hinüber. – Ich habe sie nur flüchtig gesehen.

MELCHIOR. Georg Zirschnitz träumte von seiner Mutter.

MORITZ. Hat er dir das erzählt?

MELCHIOR. Draußen am Galgensteg!

MORITZ. Wenn du wüsstest, was ich ausgestanden seit jener Nacht!

MELCHIOR. Gewissensbisse?

MORITZ. Gewissensbisse?? – – –
Todesangst!

MELCHIOR. Herrgott . . .

MORITZ. Ich hielt mich für unheilbar. Ich glaubte, ich litte an einem inneren Schaden. – Schließlich wurde ich nur dadurch wieder ruhiger, dass ich meine Lebenserinnerungen aufzuzeichnen begann. Ja, ja, lieber Melchior, die letzten drei Wochen waren ein Gethsemane für mich.

MELCHIOR. Ich war seinerzeit mehr oder weniger darauf gefasst gewesen. Ich schämte mich ein wenig. – Das war aber auch alles.

MORITZ. Und dabei bist du noch fast um ein ganzes Jahr jünger als ich!

MELCHIOR. Darüber, Moritz, würd ich mir keine Gedanken machen. All meinen Erfahrungen nach besteht für das erste Auftauchen dieser Phantome keine bestimmte Altersstufe. Kennst du den großen Lämmermeier mit dem strohgelben Haar und der Adlernase? Drei Jahre ist der älter als ich. Hänschen Rilow sagt, der träume noch bis heute von nichts als Sandtorten und Aprikosengelee.

MORITZ. Ich bitte dich, wie kann Hänschen Rilow darüber urteilen!

MELCHIOR. Er hat ihn gefragt.

MORITZ. Er hat ihn gefragt? – Ich hätte mich nicht getraut, jemanden zu fragen.

MELCHIOR. Du hast mich doch auch gefragt.

MORITZ. Weiß Gott ja! – Möglicherweise hatte Hänschen auch schon sein Testament gemacht. – Wahrlich ein sonderbares Spiel, das man mit uns treibt. Und dafür sollen wir uns dankbar erweisen! Ich erinnere mich nicht, je eine Sehnsucht nach dieser Art Aufregung verspürt zu haben. Warum hat man mich nicht ruhig schlafen lassen, bis alles wieder still gewesen wäre. Meine lieben Eltern hätten hundert bessere Kinder haben können. So bin ich nun hergekommen, ich weiß nicht wie, und soll mich dafür verantworten, dass ich nicht weggeblieben bin. – Hast du nicht auch schon darüber nachgedacht, Melchior, auf welche Art und Weise wir eigentlich in diesen Strudel hineingeraten?

MELCHIOR. Du weißt das also noch nicht, Moritz?

MORITZ. Wie sollt ich es wissen? – Ich sehe, wie die Hühner Eier legen, und höre, dass mich Mama unter dem Herzen getragen haben will. Aber genügt denn das? – Ich erinnere mich auch, als fünfjähriges Kind schon befangen worden zu sein, wenn einer die dekolletierte Cœurdame aufschlug. Dieses Gefühl hat sich verloren. Indessen kann ich heute kaum mehr mit irgendeinem Mädchen sprechen, ohne etwas Verabscheuungswürdiges dabei zu denken, und – ich schwöre dir, Melchior – ich weiß nicht was.

MELCHIOR. Ich sage dir alles. – Ich habe es teils aus Büchern, teils aus Illustrationen, teils aus Beobachtungen in der Natur. Du wirst überrascht sein; ich wurde seinerzeit Atheist. Ich habe es auch Georg Zirschnitz gesagt! Georg Zirschnitz wollte es Hänschen Rilow sagen, aber Hänschen Rilow hatte als Kind schon alles von seiner Gouvernante erfahren.

MORITZ. Ich habe den Kleinen Meyer von A bis Z durchgenommen. Worte – nichts als Worte und Worte! Nicht eine einzige schlichte Erklärung. O dieses Schamgefühl! – Was soll mir ein Konversationslexikon, das auf die nächstliegende Lebensfrage nicht antwortet.

MELCHIOR. Hast du schon einmal zwei Hunde über die Straße laufen sehen?

MORITZ. Nein! — Sag mir lieber heute noch nichts, Melchior. Ich habe noch Mittelamerika und Ludwig den Fünfzehnten vor mir. Dazu die sechzig Verse Homer, die sieben Gleichungen, der lateinische Aufsatz – ich würde morgen wieder überall abblitzen. Um mit Erfolg büffeln zu können, muss ich stumpfsinnig wie ein Ochse sein.

MELCHIOR. Komm doch mit auf mein Zimmer. In dreiviertel Stunden habe ich den Homer, die Gleichungen und zwei Aufsätze. Ich korrigiere dir einige harmlose Schnitzer hinein, so ist die Sache im Blei. Mama braut uns wieder eine Limonade, und wir plaudern gemütlich über die Fortpflanzung.

MORITZ. Ich kann nicht. – Ich kann nicht gemütlich über die Fortpflanzung plaudern! Wenn du mir einen Gefallen tun willst, dann gib mir deine Unterweisungen schriftlich. Schreib mir auf, was du weißt. Schreib es möglichst kurz und klar und steck es mir morgen während der Turnstunde zwischen die Bücher. Ich werde es nach Hause tragen, ohne zu wissen, dass ich es habe. Ich werde es unverhofft einmal wieder finden. Ich werde nicht umhin können, es müden Auges zu durchfliegen ... falls es unumgänglich notwendig ist, magst du ja auch einzelne Randzeichnungen anbringen.

MELCHIOR. Du bist wie ein Mädchen. – Übrigens wie du willst! Es ist mir das eine ganz interessante Arbeit. – – Eine Frage, Moritz.

MORITZ. Hm?

MELCHIOR. Hast du schon einmal ein Mädchen gesehen?

MORITZ. Ja!

MELCHIOR. Aber ganz?!

MORITZ. Vollständig!

MELCHIOR. Ich nämlich auch! – Dann werden keine Illustrationen nötig sein.

MORITZ. Während des Schützenfestes, in Leilichs anatomischem Museum! Wenn es aufgekommen wäre, hätte man mich aus der Schule gejagt. – Schön wie der lichte Tag, und – o so naturgetreu!

MELCHIOR. Ich war letzten Sommer mit Mama in Frankfurt – – Du willst schon gehen, Moritz?

MORITZ. Arbeiten machen. – Gute Nacht.

MELCHIOR. Auf Wiedersehen.

DRITTE SZENE

Thea, Wendla und Martha kommen Arm in Arm die Straße herauf.

MARTHA. Wie einem das Wasser ins Schuhwerk dringt!

WENDLA. Wie einem der Wind um die Wangen saust!

THEA. Wie einem das Herz hämmert!

WENDLA. Gehn wir zur Brücke hinaus! Ilse sagte, der Fluss führe Sträucher und Bäume. Die Jungens haben ein Floß auf dem Wasser. Melchi Gabor soll gestern Abend beinah ertrunken sein.

THEA. O der kann schwimmen!

MARTHA. Das will ich meinen, Kind!

WENDLA. Wenn der nicht hätte schwimmen können, wäre er wohl sicher ertrunken!

THEA. Dein Zopf geht auf, Martha; dein Zopf geht auf!

MARTHA. Puh – lass ihn aufgehn! Er ärgert mich so Tag und Nacht. Kurze Haare tragen wie du darf ich nicht, das Haar offen tragen wie Wendla darf ich nicht, Ponyhaare tragen darf ich nicht, und zu Hause muss ich mir gar die Frisur machen – alles der Tanten wegen!

WENDLA. Ich bringe morgen eine Schere mit in die Religionsstunde. Während du „Wohl dem, der nicht wandelt“ rezitierst, werd ich ihn abschneiden.

MARTHA. Um Gottes willen, Wendla! Papa schlägt mich krumm, und Mama sperrt mich drei Nächte ins Kohlenloch.

WENDLA. Womit schlägt er dich, Martha?

MARTHA. Manchmal ist es mir, es müsste ihnen doch etwas abgehen, wenn sie keinen so schlecht gearteten Balg hätten wie ich.

THEA. Aber Mädchen!

MARTHA. Hast du dir nicht auch ein himmelblaues Band durch die Hemdpasse ziehen dürfen?

THEA. Rosa Atlas! Mama behauptet, Rosa stehe mir bei meinen pechschwarzen Augen.

MARTHA. Mir stand Blau reizend! – Mama riss mich am Zopf zum Bett heraus. So – fiel ich mit den Händen vorauf auf die Diele. – Mama betet nämlich Abend für Abend mit uns …

WENDLA. Ich an deiner Stelle wäre ihnen längst in die Welt hinausgelaufen.

MARTHA. … Da habe man’s, worauf ich ausgehe! – Da habe

man's ja! – Aber sie wolle schon sehen – o sie wolle noch sehen! – Meiner Mutter wenigstens solle ich einmal keine Vorwürfe machen können ...

THEA. Hu – Hu –

MARTHA. Kannst du dir denken, Thea, was Mama damit meinte?

THEA. Ich nicht. – Du, Wendla?

WENDLA. Ich hätte sie einfach gefragt.

MARTHA. Ich lag auf der Erde und schrie und heulte. Da kommt Papa. Ritsch – das Hemd herunter. Ich zur Türe hinaus. Da habe man's! Ich wolle nun wohl so auf die Straße hinunter ...

WENDLA. Das ist doch gar nicht wahr, Martha.

MARTHA. Ich fror. Ich schloss auf. Ich habe die ganze Nacht im Sack schlafen müssen.

THEA. Ich könnte meiner Lebtag in keinem Sack schlafen!

WENDLA. Ich möchte ganz gern mal für dich in deinem Sack schlafen.

MARTHA. Wenn man nur nicht geschlagen wird.

THEA. Aber man erstickt doch darin!

MARTHA. Der Kopf bleibt frei. Unter dem Kinn wird zugebunden.

THEA. Und dann schlagen sie dich?

MARTHA. Nein. Nur wenn etwas Besonderes vorliegt.

WENDLA. Womit schlägt man dich, Martha?

MARTHA. Ach was – mit allerhand. – Hält es deine Mutter auch für unanständig, im Bett ein Stück Brot zu essen?

WENDLA. Nein, nein.

MARTHA. Ich glaube immer, sie haben doch ihre Freude – wenn sie auch nichts davon sagen. – Wenn ich einmal Kinder habe, ich lasse sie aufwachsen wie das Unkraut in unserem Blumengarten. Um das kümmert sich niemand, und es steht so hoch, so dicht – während die Rosen in den Beeten an ihren Stöcken mit jedem Sommer kümmerlicher blühn.

THEA. Wenn ich Kinder habe, kleid ich sie ganz in Rosa, Rosahüte, Rosakleidchen, Rosaschuhe. Nur die Strümpfe – die Strümpfe schwarz wie die Nacht! Wenn ich dann spazieren gehe, lass ich sie vor mir hermarschieren. – Und du, Wendla?

WENDLA. Wisst ihr denn, ob ihr welche bekommt?

THEA. Warum sollten wir keine bekommen?

MARTHA. Tante Euphemia hat allerdings auch keine.

THEA. Gänschen! – weil sie nicht v e r h e i r a t e t ist.

WENDLA. Tante Bauer war dreimal verheiratet und hat nicht ein einziges.

MARTHA. Wenn du welche bekommst, Wendla, was möchtest du lieber, Knaben oder Mädchen?

WENDLA. Jungens! Jungens!

THEA. Ich auch Jungens!

MARTHA. Ich auch. Lieber zwanzig Jungens als drei Mädchen.

THEA. Mädchen sind langweilig!

MARTHA. Wenn ich nicht schon ein Mädchen geworden wäre, ich würde es heute gewiss nicht mehr.

WENDLA. Das ist, glaube ich, Geschmacksache, Martha! Ich freue mich jeden Tag, dass ich ein Mädchen bin. Glaub mir, ich wollte mit keinem Königssohn tauschen. – Darum möchte ich aber doch nur Buben!

THEA. Das ist doch Unsinn, lauter Unsinn, Wendla!

WENDLA. Aber ich bitte dich, Kind, es muss doch tausendmal erhebender sein, von einem Manne geliebt zu werden als von einem Mädchen!

THEA. Du wirst doch nicht behaupten wollen, Forstreferendar Pfälle liebe Melitta mehr als sie ihn!

WENDLA. Das will ich wohl, Thea! – Pfälle ist stolz. Pfälle ist stolz darauf, dass er Forstreferendar ist – denn Pfälle hat nichts. – Melitta ist selig, weil sie zehntausendmal mehr bekommt, als sie ist.

MARTHA. Bist du nicht stolz auf dich, Wendla?

WENDLA. Das wäre doch einfältig.

MARTHA. Wie wollt ich stolz sein an deiner Stelle!

THEA. Sieh doch nur, wie sie die Füße setzt – wie sie geradeaus schaut – wie sie sich hält, Martha! – Wenn das nicht Stolz ist!

WENDLA. Wozu nur? Ich bin so glücklich, ein Mädchen zu sein; wenn ich kein Mädchen wär, brächt ich mich um, um das nächste Mal ...

MELCHIOR *(geht vorüber und grüßt).*

THEA. Er hat einen wundervollen Kopf.

MARTHA. So denke ich mir den jungen Alexander, als er zu Aristoteles in die Schule ging.

THEA. Du lieber Gott, die griechische Geschichte! Ich weiß nur noch, wie Sokrates in der Tonne lag, als ihm Alexander den Eselsschatten verkaufte.

WENDLA. Er soll der Drittbeste in seiner Klasse sein.

THEA. Professor Knochenbruch sagt, wenn er wollte, könnte er Primus sein.

MARTHA. Er hat eine schöne Stirn, aber sein Freund hat einen seelenvolleren Blick.

THEA. Moritz Stiefel? – Ist das eine Schlafmütze!

MARTHA. Ich habe mich immer ganz gut mit ihm unterhalten.

THEA. Er blamiert einen, wo man ihn trifft. Auf dem Kinderball bei Rilows bot er mir Pralinés an. Denke dir, Wendla, die waren weich und warm. Ist das nicht ...? – Er sagte, er habe sie zu lang in der Hosentasche gehabt.

WENDLA. Denke dir, Melchi Gabor sagte mir damals, er glaube an nichts – nicht an Gott, nicht an ein Jenseits – an gar nichts mehr in dieser Welt.

VIERTE SZENE

Parkanlagen vor dem Gymnasium. – Melchior, Otto, Georg, Robert, Hänschen Rilow, Lämmermeier.

MELCHIOR. Kann mir einer von euch sagen, wo Moritz Stiefel steckt?

GEORG. Dem kann's schlecht gehn! O dem kann's schlecht gehn!

OTTO. Der treibt's so lange, bis er noch mal ganz gehörig reinfliegt!

LÄMMERMEIER. Weiß der Kuckuck, ich möchte in diesem Moment nicht in seiner Haut stecken!

ROBERT. Eine Frechheit! – Eine Unverschämtheit!

MELCHIOR. Wa – wa – was wisst ihr denn!

GEORG. Was wir wissen? – Na, ich sage dir ...!

LÄMMERMEIER. Ich möchte nichts gesagt haben!

OTTO. Ich auch nicht – weiß Gott nicht!

MELCHIOR. Wenn ihr jetzt nicht sofort ...

ROBERT. Kurz und gut, Moritz Stiefel ist ins Konferenzzimmer gedrungen.

MELCHIOR. Ins Konferenzzimmer ...?

OTTO. Ins Konferenzzimmer! – Gleich nach Schluss der Lateinstunde.

GEORG. Er war der Letzte; er blieb absichtlich zurück.

LÄMMERMEIER. Als ich um die Korridorecke bog, sah ich ihn die Tür öffnen.

MELCHIOR. Hol dich der ...!

LÄMMERMEIER. Wenn nur ihn nicht der Teufel holt!

GEORG. Vermutlich hatte das Rektorat den Schlüssel nicht abgezogen.

ROBERT. Oder Moritz Stiefel führt einen Dietrich.

OTTO. Ihm wäre das zuzutrauen.

LÄMMERMEIER. Wenn's gut geht, bekommt er einen Sonntagnachmittag.

ROBERT. Nebst einer Bemerkung ins Zeugnis!

OTTO. Wenn er bei dieser Zensur nicht ohnehin an die Luft fliegt.

HÄNSCHEN RILOW. Da ist er!

MELCHIOR. Blass wie ein Handtuch.

(Moritz kommt in äußerster Aufregung.)

LÄMMERMEIER. Moritz, Moritz, was du getan hast!

MORITZ. – – Nichts – – nichts – –

ROBERT. Du fieberst!

MORITZ. – Vor Glück – vor Seligkeit – vor Herzensjubel –

OTTO. Du bist erwischt worden?!

MORITZ. Ich bin promoviert! – Melchior, ich bin promoviert: – O jetzt kann die Welt untergehn! – Ich bin promoviert! – Wer hätte geglaubt, dass ich promoviert werde! – Ich fass es noch nicht! – Zwanzigmal hab ich's gelesen! – Ich kann's nicht glauben – du großer Gott, es blieb! Es blieb! Ich bin promoviert! – *(Lächelnd.)* Ich weiß nicht – so sonderbar ist mir – der Boden dreht sich ... Melchior, Melchior, wüsstest du, was ich durchgemacht!

HÄNSCHEN RILOW. Ich gratuliere, Moritz. – Sei nur froh, dass du so weggekommen!

MORITZ. Du weißt nicht, Hänschen, du ahnst nicht, was auf dem Spiel stand. Seit drei Wochen schleiche ich an der Tür vorbei wie am Höllenschlund. Da sehe ich heute, sie ist angelehnt. Ich glaube, wenn man mir eine Million geboten hätte – nichts, o nichts hätte mich zu halten vermocht! – Ich stehe mitten im Zimmer – ich schlage das Protokoll auf – blättere – finde – – und während all der Zeit ... Mir schaudert –

MELCHIOR. ... während all der Zeit?

MORITZ. Während all der Zeit steht die Tür hinter mir sperrangelweit offen. Wie ich heraus ... wie ich die Treppe heruntergekommen, weiß ich nicht.

HÄNSCHEN RILOW. – Wird Ernst Röbel auch promoviert?

MORITZ. O gewiss, Hänschen, gewiss! – Ernst Röbel wird gleichfalls promoviert.

ROBERT. Dann musst du schon nicht richtig gelesen haben. Die Eselsbank abgerechnet, zählen wir mit dir und Fröbel zusammen einundsechzig, während oben das Klassenzimmer mehr als sechzig nicht fassen kann.

MORITZ. Ich habe vollkommen richtig gelesen. Ernst Röbel wird so gut versetzt wie ich – beide allerdings vorläufig nur provisorisch. Während des ersten Quartals soll es sich dann herausstellen, wer dem andern Platz zu machen hat. – Armer Röbel! – Weiß der Himmel, mir ist um mich nicht mehr bange. Dazu habe ich diesmal zu tief hinuntergeblickt.

OTTO. Ich wette fünf Mark, dass du Platz machst.

MORITZ. Du hast ja nichts. Ich will dich nicht ausrauben. – Herrgott, werd ich büffeln von heute an! – Jetzt kann ich's ja sagen – mögt ihr daran glauben oder nicht – jetzt ist ja alles gleichgültig – ich – ich weiß, wie wahr es ist: Wenn ich nicht promoviert worden wäre, hätte ich mich erschossen.

ROBERT. Prahlhans!

GEORG. Der Hasenfuß!

OTTO. Dich hätte ich schießen sehen mögen!

LÄMMERMEIER. Eine Maulschelle drauf!

MELCHIOR *(gibt ihm eine).* – – Komm, Moritz. Gehn wir zum Försterhaus!

GEORG. Glaubst du vielleicht an den Schnack?

MELCHIOR. Schert dich das? — Lass sie schwatzen, Moritz! Fort, nur fort, zur Stadt hinaus!

(Die Professoren Hungergurt und Knochenbruch gehen vorüber.)

KNOCHENBRUCH. Mir unbegreiflich, verehrter Herr Kollega, wie sich der beste meiner Schüler gerade zum allerschlechtesten so hingezogen fühlen kann.

HUNGERGURT. Mir auch, verehrter Herr Kollega.

FÜNFTE SZENE

Sonniger Nachmittag. – Melchior und Wendla begegnen einander im Wald.

MELCHIOR. Bist du's wirklich, Wendla? – Was tust denn du so allein hier oben? – Seit drei Stunden durchstreife ich den Wald die Kreuz und Quer, ohne dass mir eine Seele begegnet, und nun plötzlich trittst du mir aus dem dichtesten Dickicht entgegen!

WENDLA. Ja, ich bin's.

MELCHIOR. Wenn ich dich nicht als Wendla Bergmann kennte, ich hielte dich für eine Dryade, die aus den Zweigen gefallen.

WENDLA. Nein, nein, ich bin Wendla Bergmann. – Wo kommst denn du her?

MELCHIOR. Ich gehe meinen Gedanken nach.

WENDLA. Ich suche Waldmeister. Mama will Maitrank bereiten. Anfangs wollte sie selbst mitgehen, aber im letzten Augenblick kam Tante Bauer noch, und die steigt nicht gern. – So bin ich denn allein heraufgekommen.

MELCHIOR. Hast du deinen Waldmeister schon?

WENDLA. Den ganzen Korb voll. Drüben unter den Buchen steht er dicht wie Mattenklee. – Jetzt sehe ich mich nämlich nach einem Ausweg um. Ich scheine mich verirrt zu haben. Kannst du mir vielleicht sagen, wie viel Uhr es ist?

MELCHIOR. Eben halb vier vorbei. – Wann erwartet man dich?

WENDLA. Ich glaubte, es wäre später. Ich lag eine ganze Weile am Goldbach im Moose und habe geträumt. Die Zeit verging mir so rasch; ich fürchtete, es wolle schon Abend werden.

MELCHIOR. Wenn man dich noch nicht erwartet, dann lass uns hier noch ein wenig lagern. Unter der Eiche dort ist mein Lieblingsplätzchen. Wenn man den Kopf an den Stamm zurücklehnt und durch die Äste in den Himmel starrt, wird man hypnotisiert. Der Boden ist noch warm von der Morgensonne. – Schon seit Wochen wollte ich dich etwas fragen, Wendla.

WENDLA. Aber vor fünf muss ich zu Hause sein.

MELCHIOR. Wir gehen dann zusammen. Ich nehme den Korb, und wir schlagen den Weg durch die Runse ein, so sind wir in zehn Minuten schon auf der Brücke! – Wenn man so daliegt, die Stirn in die Hand gestützt, kommen einem die sonderbarsten Gedanken ...

(Beide lagern sich unter der Eiche.)

WENDLA. Was wolltest du mich fragen, Melchior?

MELCHIOR. Ich habe gehört, Wendla, du gehest häufig zu armen Leuten. Du brächtest ihnen Essen, auch Kleider und Geld. Tust du das aus eigenem Antriebe, oder schickt deine Mutter dich?

WENDLA. Meistens schickt mich die Mutter. Es sind arme Taglöhnerfamilien, die eine Unmenge Kinder haben. Oft findet der Mann keine Arbeit, dann frieren und hungern sie. Bei uns liegt aus früherer Zeit noch so mancherlei in Schränken und Kommoden, das nicht mehr gebraucht wird. Aber wie kommst du darauf?

MELCHIOR. Gehst du gern oder ungern, wenn deine Mutter dich so wohin schickt?

WENDLA. O für mein Leben gern! Wie kannst du fragen!

MELCHIOR. Aber die Kinder sind schmutzig, die Frauen sind krank, die Wohnungen strotzen von Unrat, die Männer hassen dich, weil du nicht arbeitest ...

WENDLA. Das ist nicht wahr, Melchior. Und wenn es wahr wäre, ich würde erst recht gehen!

MELCHIOR. Wieso erst recht, Wendla?

WENDLA. Ich würde erst recht hingehen. – Es würde mir noch viel mehr Freude bereiten, ihnen helfen zu können.

MELCHIOR. Du gehst also um deiner Freude willen zu den armen Leuten?

WENDLA. Ich gehe zu ihnen, weil sie arm sind.

MELCHIOR. Aber wenn es dir keine Freude wäre, würdest du nicht gehen?

WENDLA. Kann ich denn dafür, dass es mir Freude macht?

MELCHIOR. Und doch sollst du dafür in den Himmel kommen! – So ist es also richtig, was mir nun seit einem Monat keine Ruhe mehr lässt! – Kann der Geizige dafür, dass es ihm keine Freude macht, zu schmutzigen kranken Kindern zu gehen?

WENDLA. O dir würde es sicher die größte Freude sein!

MELCHIOR. Und doch soll er dafür des ewigen Todes sterben! – Ich werde eine Abhandlung schreiben und sie Herrn Pastor Kahlbauch einschicken. Er ist die Veranlassung. Was faselt er uns von Opferfreudigkeit! – Wenn er mir nicht antworten kann, gehe ich nicht mehr in die Kinderlehre und lasse mich nicht konfirmieren.

WENDLA. Warum willst du deinen lieben Eltern den Kummer bereiten! Lass dich doch konfirmieren; den Kopf kostet's doch nicht. Wenn unsere schrecklichen weißen Kleider und eure Schlepphosen nicht wären, würde man sich vielleicht noch dafür begeistern können!

MELCHIOR. Es gibt keine Aufopferung! Es gibt keine Selbstlosigkeit! – Ich sehe die Guten sich ihres Herzens freun, sehe die Schlechten beben und stöhnen – ich sehe dich, Wendla Bergmann, deine Locken schütteln und lachen, und mir wird so ernst dabei wie einem Geächteten. – – Was hast du vorhin geträumt, Wendla, als du am Goldbach im Grase lagst?

WENDLA. – – Dummheiten – Narreteien –

MELCHIOR. Mit offenen Augen?!

WENDLA. Mir träumte, ich wäre ein armes, armes Bettelkind, ich würde früh fünf schon auf die Straße geschickt, ich müsste betteln den ganzen langen Tag in Sturm und Wetter, unter hartherzigen, rohen Menschen. Und käm ich abends nach Hause, zitternd vor Hunger und Kälte, und hätte so viel Geld nicht, wie mein Vater verlangt, dann würd ich geschlagen – geschlagen –

MELCHIOR. Das kenne ich, Wendla. Das hast du den albernen Kindergeschichten zu danken. Glaub mir, so brutale Menschen existieren nicht mehr.

WENDLA. O doch, Melchior, du irrst. – Martha Bessel wird Abend für Abend geschlagen, dass man andern Tags Striemen sieht. O was die leiden muss! Siedend heiß wird es einem, wenn sie erzählt. Ich bedaure sie so furchtbar, ich muss oft mitten in der Nacht in die Kissen weinen. Seit Monaten denke ich darüber nach, wie man ihr helfen kann. – Ich wollte mit Freuden einmal acht Tage an ihrer Stelle sein.

MELCHIOR. Man sollte den Vater kurzweg verklagen. Dann würde ihm das Kind weggenommen.

WENDLA. Ich, Melchior, bin in meinem Leben nie geschlagen worden – nicht ein einziges Mal. Ich kann mir kaum denken, wie das tut, geschlagen zu werden. Ich habe mich schon selber geschlagen, um zu erfahren, wie einem dabei ums Herz wird. – Es muss ein grauenvolles Gefühl sein.

MELCHIOR. Ich glaube nicht, dass je ein Kind dadurch besser wird.

WENDLA. Wodurch besser wird?

MELCHIOR. Dass man es schlägt.

WENDLA. – Mit dieser Gerte zum Beispiel! – Hu, ist die zäh und dünn!

MELCHIOR. Die zieht Blut!

WENDLA. Würdest du mich nicht einmal damit schlagen?

MELCHIOR. Wen?

WENDLA. Mich.

MELCHIOR. Was fällt dir ein, Wendla!

WENDLA. Was ist denn dabei?

MELCHIOR. O sei ruhig! – Ich schlage dich nicht.

WENDLA. Wenn ich dir's doch erlaube!

MELCHIOR. Nie, Mädchen!

WENDLA. Aber wenn ich dich darum bitte, Melchior!

MELCHIOR. Bist du nicht bei Verstand?

WENDLA. Ich bin in meinem Leben nie geschlagen worden!

MELCHIOR. Wenn du um so etwas bitten kannst . . .!

WENDLA. – Bitte – bitte –

MELCHIOR. Ich will dich bitten lehren! – *(Er schlägt sie.)*

WENDLA. Ach Gott – ich spüre nicht das Geringste!

MELCHIOR. Das glaub ich dir – – durch all deine Röcke durch . . .

WENDLA. So schlag mich doch an die Beine!

MELCHIOR. Wendla! *(Er schlägt sie stärker.)*

WENDLA. Du streichelst mich ja! – Du streichelst mich!

MELCHIOR. Wart, Hexe, ich will dir den Satan austreiben!

(Er wirft den Stock beiseite und schlägt derart mit den Fäusten drein, dass sie in ein fürchterliches Geschrei ausbricht. Er kehrt sich nicht daran, sondern drischt wie wütend auf sie los, während ihm die dicken Tränen über die Wangen rinnen. Plötzlich springt er empor, fasst sich mit beiden Händen an die Schläfen und stürzt, aus tiefster Seele jammervoll aufschluchzend, in den Wald hinein.)

ZWEITER AKT

ERSTE SZENE

Abend auf Melchiors Studierzimmer. Das Fenster steht offen, die Lampe brennt auf dem Tisch. – Melchior und Moritz auf dem Kanapee.

MORITZ. Jetzt bin ich wieder ganz munter, nur etwas aufgeregt. – Aber in der Griechischstunde habe ich doch geschlafen wie der besoffene Polyphem. Nimmt mich wunder, dass mich der alte Zungenschlag nicht in die Ohren gezwickt. – Heut früh wäre ich um ein Haar noch zu spät gekommen. – Mein erster Gedanke beim Erwachen waren die Verba auf mi. – Himmel-Herrgott-Teufel-Donnerwetter, während des Frühstücks und den Weg entlang habe ich konjugiert, dass mir grün vor den Augen wurde. – Kurz nach drei muss ich abgeschnappt sein. Die Feder hat mir noch einen Klecks ins Buch gemacht. Die Lampe qualmte, als Mathilde mich weckte, in den Fliederbüschen unter dem Fenster zwitscherten die Amseln so lebensfroh – mir ward gleich wieder unsagbar melancholisch zumute. Ich band mir den Kragen um und fuhr mit der Bürste durchs Haar. – – Aber man fühlt sich, wenn man seiner Natur etwas abgerungen!

MELCHIOR. Darf ich dir eine Zigarette drehen?

MORITZ. Danke, ich rauche nicht. – Wenn es nun nur so weitergeht! Ich will arbeiten und arbeiten, bis mir die Augen zum Kopf herausplatzen. – Ernst Röbel hat seit den Ferien schon sechsmal nichts gekonnt; dreimal im Griechischen, zweimal bei Knochenbruch; das letzte Mal in der Literaturgeschichte. Ich war erst fünfmal in der bedauernswerten Lage; und von heute ab kommt es überhaupt nicht mehr vor! – Röbel erschießt sich nicht. Röbel hat keine Eltern, die ihm ihr Alles opfern. Er kann, wann er will, Söldner, Cowboy oder Matrose werden. Wenn *ich* durchfalle, rührt meinen Vater der Schlag, und Mama kommt ins Irrenhaus. So was erlebt man nicht! – Vor dem Examen habe ich zu Gott gefleht, er möge mich schwindsüchtig werden lassen, auf dass der Kelch ungenossen vorübergehe. Er ging vorüber – wenngleich mir auch heute noch seine Aureole aus der Ferne entgegenleuchtet, dass ich Tag und Nacht den Blick nicht zu heben wage. – Aber nun ich die Stange erfasst, werde ich mich auch hinaufschwingen. Dafür bürgt mir die unabänderliche Konsequenz, dass ich nicht stürze, ohne das Genick zu brechen.

MELCHIOR. Das Leben ist von einer ungeahnten Gemeinheit. Ich hätte nicht übel Lust, mich in die Zweige zu hängen. – Wo Mama mit dem Tee nur bleibt!

MORITZ. Dein Tee wird mir gut tun, Melchior! Ich zittre nämlich. Ich fühle mich so eigentümlich vergeistert. Betaste mich bitte mal. Ich sehe – ich höre – ich fühle viel deutlicher – und doch alles so traumhaft – oh, so stimmungsvoll. – Wie sich dort im Mondschein der Garten dehnt, so still, so tief, als ging er ins Unendliche. – Unter den Büschen treten umflorte Gestalten hervor, huschen in atemloser Geschäftigkeit über die Lichtungen und verschwinden im Halbdunkel. Mir scheint, unter dem Kastanienbaum soll eine Ratsversammlung gehalten werden. – Wollen wir nicht hinunter, Melchior?

MELCHIOR. Warten wir, bis wir Tee getrunken.

MORITZ. – Die Blätter flüstern so emsig. – Es ist, als hörte ich Großmutter selig die Geschichte von der „Königin ohne Kopf" erzählen. – Das war eine wunderschöne Königin, schön wie die Sonne, schöner als alle Mädchen im Land. Nur war sie leider ohne Kopf auf die Welt gekommen. Sie konnte nicht essen, nicht trinken, konnte nicht sehen, nicht lachen und auch nicht küssen. Sie vermochte sich mit ihrem Hofstaat nur durch ihre kleine weiche Hand zu verständigen. Mit den zierlichen Füßen strampelte sie Kriegserklärungen und Todesurteile. Da wurde sie eines Tages von einem Könige besiegt, der zufällig zwei Köpfe hatte, die sich das ganze Jahr in den Haaren lagen und dabei so aufgeregt disputierten, dass keiner den andern zu Wort kommen ließ. Der Oberhofzauberer nahm nun den kleineren der beiden und setzte ihn der Königin auf. Und siehe, er stand ihr vortrefflich. Darauf heiratete der König die Königin, und die beiden lagen einander nun nicht mehr in den Haaren, sondern küssten einander auf Stirn, auf Wangen und Mund und lebten noch lange Jahre glücklich und in Freuden . . . Verwünschter Unsinn! Seit den Ferien kommt mir die kopflose Königin nicht aus dem Kopf. Wenn ich ein schönes Mädchen sehe, sehe ich es ohne Kopf – und erscheine mir dann plötzlich selber als kopflose Königin . . . Möglich, dass mir noch mal einer aufgesetzt wird.

(Frau Gabor kommt mit dem dampfenden Tee, den sie vor Moritz und Melchior auf den Tisch setzt.)

FRAU GABOR. Hier, Kinder, lasst es euch munden. Guten Abend, Herr Stiefel; wie geht es Ihnen?

MORITZ. Danke, Frau Gabor. – Ich belausche den Reigen dort unten.

FRAU GABOR. Sie sehen aber gar nicht gut aus. – Fühlen Sie sich nicht wohl?

MORITZ. Es hat nichts zu sagen. Ich bin die letzten Abende etwas spät zu Bett gekommen.

MELCHIOR. Denke dir, er hat die ganze Nacht durchgearbeitet.

FRAU GABOR. Sie sollten so etwas nicht tun, Herr Stiefel. Sie sollten sich schonen. Bedenken Sie Ihre Gesundheit. Die Schule ersetzt Ihnen die Gesundheit nicht. – Fleißig spazieren gehn in der frischen Luft! Das ist in Ihren Jahren mehr wert als ein korrektes Mittelhochdeutsch.

MORITZ. Ich werde fleißig spazieren gehn. Sie haben Recht. Man kann auch während des Spazierengehens fleißig sein. Dass ich noch selbst nicht auf den Gedanken gekommen! – Die schriftlichen Arbeiten müsste ich immerhin zu Hause machen.

MELCHIOR. Das Schriftliche machst du bei mir; so wird es uns beiden leichter. – Du weißt ja, Mama, dass Max von Trenk am Nervenfieber darniederlag! – Heute Mittag kommt Hänschen Rilow von Trenks Totenbett zu Rektor Sonnenstich, um anzuzeigen, dass Trenk soeben in seiner Gegenwart gestorben sei. – „So?“, sagt Sonnenstich, „hast du von letzter Woche her nicht noch zwei Stunden nachzusitzen? – Hier ist der Zettel an den Pedell. Mach, dass die Sache endlich ins Reine kommt! Die ganze Klasse soll an der Beerdigung teilnehmen.“ – Hänschen war wie gelähmt.

FRAU GABOR. Was hast du da für ein Buch, Melchior?

MELCHIOR. „Faust.“

FRAU GABOR. Hast du es schon gelesen?

MELCHIOR. Noch nicht zu Ende.

MORITZ. Wir sind gerade in der Walpurgisnacht.

FRAU GABOR. Ich hätte an deiner Stelle noch ein, zwei Jahre damit gewartet.

MELCHIOR. Ich kenne kein Buch, Mama, in dem ich so viel Schönes gefunden. Warum hätte ich es nicht lesen sollen?

FRAU GABOR. – Weil du es nicht verstehst.

MELCHIOR. Das kannst du nicht wissen, Mama. Ich fühle sehr wohl, dass ich das Werk in seiner ganzen Erhabenheit zu erfassen noch nicht imstande bin ...

MORITZ. Wir lesen immer zu zweit; das erleichtert das Verständnis außerordentlich!

FRAU GABOR. Du bist alt genug, Melchior, um wissen zu können, was dir zuträglich und was dir schädlich ist. Tu, was du vor dir verantworten kannst. Ich werde die Erste sein, die es dankbar anerkennt, wenn du mir niemals Grund gibst, dir etwas vorenthalten zu müssen. – Ich wollte dich nur darauf aufmerksam machen, dass auch das Beste nachteilig wirken kann, wenn man noch die Reife nicht besitzt, um es richtig aufzunehmen. – Ich werde mein Vertrauen immer lieber in *dich* als in irgendbeliebige erzieherische Maßregeln setzen. – – Wenn ihr noch etwas braucht, Kinder, dann komm herüber, Melchior, und rufe mich. Ich bin auf meinem Schlafzimmer. *(Ab.)*

MORITZ. – Deine Mama meinte die Geschichte mit Gretchen.

MELCHIOR. Haben wir uns auch nur einen Moment dabei aufgehalten!

MORITZ. Faust selber kann sich nicht kaltblütiger darüber hinweggesetzt haben!

MELCHIOR. Das Kunstwerk gipfelt doch schließlich nicht in dieser Schändlichkeit! – Faust könnte dem Mädchen die Heirat versprochen, könnte es daraufhin verlassen haben, er wäre in meinen Augen um kein Haar weniger strafbar. Gretchen könnte ja meinethalben an gebrochenem Herzen sterben. – Sieht man, wie jeder *darauf* immer gleich krampfhaft die Blicke richtet, man möchte glauben, die ganze Welt drehe sich um P… und V….!

MORITZ. Wenn ich aufrichtig sein soll, Melchior, so habe ich nämlich tatsächlich das Gefühl, seit ich deinen Aufsatz gelesen. – In den ersten Feiertagen fiel er mir vor die Füße. Ich hatte den Plötz in der Hand. – Ich verriegelte die Tür und durchflog die flimmernden Zeilen, wie eine aufgeschreckte Eule einen brennenden Wald durchfliegt – ich glaube, ich habe das meiste mit geschlossenen Augen gelesen. Wie eine Reihe dunkler Erinnerungen klangen mir deine Auseinandersetzungen ins Ohr, wie ein Lied, das einer als Kind einst fröhlich vor sich hingesummt und das ihm, wie er eben im Sterben liegt, herzerschütternd aus dem Mund eines andern entgegentönt. – Am heftigsten zog mich in Mitleidenschaft, was du vom Mädchen schreibst. Ich werde die Eindrücke nicht mehr los. Glaub mir, Melchior, Unrecht leiden zu müssen ist süßer denn Unrecht tun! Unverschuldet ein so süßes Unrecht über sich ergehen lassen zu müssen, scheint mir der Inbegriff aller irdischen Seligkeit.

MELCHIOR. Ich will meine Seligkeit nicht als Almosen!

MORITZ. Aber warum denn nicht?

MELCHIOR. Ich *will* nichts, was ich mir nicht habe erkämpfen müssen!

MORITZ. Ist dann das noch Genuss, Melchior? – Das Mädchen, Melchior, genießt wie die seligen Götter. Das Mädchen wehrt sich dank seiner Veranlagung. Es hält sich bis zum letzten Augenblick von jeder Bitternis frei, um mit einem Male alle Himmel über sich hereinbrechen zu sehen. Das Mädchen fürchtet die Hölle noch in dem Moment, da es ein erblühendes Paradies wahrnimmt. Sein Empfinden ist so frisch wie der Quell, der dem Fels entspringt. Das Mädchen ergreift einen Pokal, über den noch kein irdischer Hauch geweht, einen Nektarkelch, dessen Inhalt es, wie er flammt und flackert, hinunterschlingt . . . Die Befriedigung, die der Mann dabei findet, denke ich mir schal und abgestanden.

MELCHIOR. Denke sie dir, wie du magst, aber behalte sie für dich. – Ich denke sie mir nicht gern . . .

ZWEITE SZENE

Wohnzimmer.

FRAU BERGMANN *(den Hut auf, die Mantille um, einen Korb am Arm, mit strahlendem Gesicht durch die Mitteltür eintretend).* Wendla! – Wendla!

WENDLA *(erscheint in Unterröckchen und Korsett in der Seitentüre rechts).* Was gibt's, Mutter?

FRAU BERGMANN. Du bist schon auf, Kind? – Sieh, das ist schön von dir!

WENDLA. Du warst schon ausgegangen?

FRAU BERGMANN. Zieh dich nun nur flink an! – Du musst gleich zu Ina hinunter, du musst ihr den Korb da bringen!

WENDLA *(sich während des Folgenden vollends ankleidend).* Du warst bei Ina? – Wie geht es Ina? – Will's noch immer nicht bessern?

FRAU BERGMANN. Denk dir, Wendla, diese Nacht war der Storch bei ihr und hat ihr einen kleinen Jungen gebracht.

WENDLA. Einen Jungen? – Einen Jungen! – O das ist herrlich – Deshalb die langwierige Influenza!

FRAU BERGMANN. Einen prächtigen Jungen!

WENDLA. Den muss ich sehen, Mutter! – So bin ich nun zum dritten Male Tante geworden – Tante von einem Mädchen und zwei Jungens!

FRAU BERGMANN. Und was für Jungens! – So geht's eben, wenn man so dicht beim Kirchendach wohnt! – Morgen sind's erst zwei Jahr, dass sie in ihrem Mullkleid die Stufen hinanstieg.

WENDLA. Warst du dabei, als er ihn brachte?

FRAU BERGMANN. Er war eben wieder fortgeflogen. – Willst du dir nicht eine Rose vorstecken?

WENDLA. Warum kamst du nicht etwas früher hin, Mutter?

FRAU BERGMANN. Ich glaube aber beinahe, er hat dir auch etwas mitgebracht – eine Brosche oder was.

WENDLA. Es ist wirklich schade!

FRAU BERGMANN. Ich sage dir ja, dass er dir eine Brosche mitgebracht hat!

WENDLA. Ich habe Broschen genug ...

FRAU BERGMANN. Dann sei auch zufrieden, Kind. Was willst du denn noch?

WENDLA. Ich hätte so furchtbar gerne gewusst, ob er durchs Fenster oder durch den Schornstein geflogen kam.

FRAU BERGMANN. Da musst du Ina fragen. Ha, das musst du Ina fragen, liebes Herz! Ina sagt dir das ganz genau. Ina hat ja eine ganze halbe Stunde mit ihm gesprochen.

WENDLA. Ich werde Ina fragen, wenn ich hinunterkomme.

FRAU BERGMANN. Aber ja nicht vergessen, du süßes Engelsgeschöpf! Es interessiert mich wirklich selbst, zu wissen, ob er durchs Fenster oder durch den Schornstein kam.

WENDLA. Oder soll ich nicht lieber den Schornsteinfeger fragen? – Der Schornsteinfeger muss es doch am besten wissen, ob er durch den Schornstein fliegt oder nicht.

FRAU BERGMANN. Nicht den Schornsteinfeger, Kind; nicht den Schornsteinfeger. Was weiß der Schornsteinfeger vom Storch! – Der schwatzt dir allerhand dummes Zeug vor, an das er selbst nicht glaubt ... Wa-was glotzt du so auf die Straße hinunter??

WENDLA. Ein Mann, Mutter – dreimal so groß wie ein Ochse! – mit Füßen wie Dampfschiffe ...!

FRAU BERGMANN *(ans Fenster stürzend).* Nicht möglich! – Nicht möglich! –

WENDLA *(zugleich).* Eine Bettlade hält er unterm Kinn, fiedelt die Wacht am Rhein drauf – – eben biegt er um die Ecke ...

FRAU BERGMANN. Du bist und bleibst doch ein Kindskopf! – Deine alte einfältige Mutter so in Schrecken jagen! – Geh, nimm deinen Hut. Nimmt mich wunder, wann bei dir einmal der Verstand kommt. – Ich habe die Hoffnung aufgegeben.

WENDLA. Ich auch, Mütterchen, ich auch. – Um meinen Verstand ist es ein traurig Ding. – Hab ich nun eine Schwester, die ist seit zwei und einem halben Jahre verheiratet, und ich selber bin zum dritten Male Tante geworden und habe gar keinen Begriff, wie das alles zugeht ... Nicht böse werden, Mütterchen;

nicht böse werden! Wen in der Welt soll ich denn fragen als dich! Bitte, liebe Mutter, sag es mir! Sag's mir, geliebtes Mütterchen! Ich schäme mich vor mir selber. Ich bitte dich, Mutter, sprich! Schilt mich nicht, dass ich so etwas frage. Gib mir Antwort – wie geht es zu? – wie kommt das alles? – Du kannst doch im Ernst nicht verlangen, dass ich bei meinen vierzehn Jahren noch an den Storch glaube.

FRAU BERGMANN. Aber du großer Gott, Kind, wie bist du sonderbar! – Was du für Einfälle hast! – Das kann ich ja doch wahrhaftig nicht!

WENDLA. Warum denn nicht, Mutter! – Warum denn nicht! – Es kann ja doch nichts Hässliches sein, wenn sich alles darüber freut!

FRAU BERGMANN. O – o Gott behüte mich! – Ich verdiente ja ... Geh, zieh dich an, Mädchen; zieh dich an!

WENDLA. Ich gehe ... Und wenn dein Kind nun hingeht und fragt den Schornsteinfeger?

FRAU BERGMANN. Aber das ist ja zum Närrischwerden! – Komm, Kind, komm her, ich sage es dir! Ich sage dir alles ... O du grundgütige Allmacht! – nur heute nicht, Wendla! – Morgen, übermorgen, kommende Woche ... wann du nur immer willst, liebes Herz ...

WENDLA. Sag es mir heute, Mutter; sag es mir jetzt! Jetzt – gleich! – Nun ich dich so entsetzt gesehen, kann ich erst recht nicht eher wieder ruhig werden.

FRAU BERGMANN. Ich kann nicht, Wendla.

WENDLA. Oh, warum kannst du nicht, Mütterchen! – Hier knie ich zu deinen Füßen und lege dir meinen Kopf in den Schoß. Du deckst mir deine Schürze über den Kopf und erzählst und erzählst, als wärst du mutterseelenallein im Zimmer. Ich will nicht zucken; ich will nicht schreien; ich will geduldig ausharren, was immer kommen mag.

FRAU BERGMANN. Der Himmel weiß, Wendla, dass ich nicht die Schuld trage! Der Himmel kennt mich! – Komm in Gottes Namen! – Ich will dir erzählen, Mädchen, wie du in diese Welt hineingekommen. – So hör mich an, Wendla ...

WENDLA *(unter ihrer Schürze)*. Ich höre.

FRAU BERGMANN *(ekstatisch)*. Aber es geht ja nicht, Kind! – Ich kann es ja nicht verantworten. – Ich verdiene ja, dass man mich ins Gefängnis setzt – dass man dich von mir nimmt ...

WENDLA *(unter ihrer Schürze)*. Fass dir ein Herz, Mutter!

FRAU BERGMANN. So höre denn ...!

WENDLA *(unter ihrer Schürze, zitternd)*. O Gott, o Gott!

FRAU BERGMANN. Um ein Kind zu bekommen – du verstehst mich, Wendla?

WENDLA. Rasch, Mutter – ich halt's nicht mehr aus.

FRAU BERGMANN. Um ein Kind zu bekommen – muss man den Mann – mit dem man verheiratet ist . . . l i e b e n – l i e b e n sag ich dir – wie man nur einen Mann lieben kann! Man muss ihn so sehr v o n g a n z e m H e r z e n lieben, wie – wie sich's nicht sagen lässt! Man muss ihn l i e b e n, Wendla, wie du in deinen Jahren noch gar nicht lieben kannst . . . Jetzt weißt du's.

WENDLA *(sich erhebend)*. Großer – Gott – im Himmel!

FRAU BERGMANN. Jetzt weißt du, welche Prüfungen dir bevorstehen!

WENDLA. Und das ist alles?

FRAU BERGMANN. So wahr mir Gott helfe! — Nimm nun den Korb da und geh zu Ina hinunter. Du bekommst dort Schokolade und Kuchen dazu. – Komm, lass dich noch einmal betrachten – die Schnürstiefel, die seidenen Handschuhe, die Matrosentaille, die Rosen im Haar . . . dein Röckchen wird dir aber wahrhaftig nachgerade zu kurz, Wendla!

WENDLA. Hast du für Mittag schon Fleisch gebracht, Mütterchen?

FRAU BERGMANN. Der liebe Gott behüte dich und segne dich! – Ich werde dir gelegentlich eine Handbreit Volants unten ansetzen.

DRITTE SZENE

HÄNSCHEN RILOW *(ein Licht in der Hand, verriegelt die Tür hinter sich und öffnet den Deckel)*. Hast du zu Nacht gebetet, Desdemona? *(Er zieht eine Reproduktion der Venus von Palma Vecchio aus dem Busen.)* – Du siehst mir nicht nach Vaterunser aus, Holde – kontemplativ des Kommenden gewärtig, wie in dem süßen Augenblick aufkeimender Glückseligkeit, als ich dich bei Jonathan Schlesinger im Schaufenster liegen sah – ebenso berückend noch diese geschmeidigen Glieder, diese sanfte Wölbung der Hüften, diese jugendlich straffen Brüste – oh, wie berauscht von Glück muss der große Meister gewesen sein, als das vierzehnjährige Original vor seinen Blicken hingestreckt auf dem Diwan lag!

Wirst du mich auch bisweilen im Traum besuchen? – Mit ausgebreiteten Armen empfang ich dich und will dich küssen, dass dir der Atem ausgeht. Du ziehst bei mir ein wie die angestammte Herrin in ihr verödetes Schloss. Tor und Türen öffnen sich von unsichtbarer Hand, während der Springquell unten im Parke fröhlich zu plätschern beginnt . . .

Die Sache will's! – Die Sache will's! – dass ich nicht aus frivoler Regung morde, sagt dir das fürchterliche Pochen in meiner Brust. Die Kehle schnürt sich mir zu im Gedanken an meine einsamen Nächte. Ich schwöre dir bei meiner Seele, Kind, dass nicht Überdruss mich beherrscht. Wer wollte sich rühmen, deiner überdrüssig geworden zu sein!

Aber du saugst mir das Mark aus den Knochen, du krümmst mir den Rücken, du raubst meinen jungen Augen den letzten Glanz. – Du bist mir zu anspruchsvoll in deiner unmenschlichen Bescheidenheit, zu aufreibend mit deinen unbeweglichen Gliedmaßen! – Du oder ich! – Und ich habe den Sieg davongetragen.

Wenn ich sie herzählen wollte – all die Entschlafenen, mit denen ich hier den nämlichen Kampf gekämpft! –: Psyche von Thumann – noch ein Vermächtnis der spindeldürren Mademoiselle Angelique, dieser Klapperschlange im Paradies meiner Kinderjahre; Io von Correggio; Galathea von Lossow; dann ein Amor von Bouguereau; Ada von J. van Beers – diese Ada, die ich Papa aus einem Geheimfach seines Sekretärs entführen musste, um sie meinem Harem einzuverleiben; eine zitternde, zuckende Leda von Makart, die ich zufällig unter den Kollegienheften meines Bruders fand – sieben, du blühende Todeskandidatin, sind dir vorangeeilt auf diesem Pfad in den Tartarus! Lass dir das zum Troste gereichen und suche nicht durch diese flehentlichen Blicke noch meine Qualen ins Ungeheure zu steigern. Du stirbst nicht um deiner, du stirbst um meiner Sünden willen! – Aus Notwehr gegen mich begehe ich blutenden Herzens den siebenten Gattenmord. Es liegt etwas Tragisches in der Rolle des Blaubart. Ich glaube, seine gemordeten Frauen insgesamt litten nicht so viel wie er beim Erwürgen jeder einzelnen. Aber mein Gewissen wird ruhiger werden, mein Leib wird sich kräftigen, wenn du Teufelin nicht mehr in den rotseidenen Polstern meines Schmuckkästchens residierst. Statt deiner lasse ich dann die Lurlei von Bodenhausen oder die Verlassene von Linger oder die Loni von Defregger in das üppige Lustgemach einziehen – so werde ich mich umso rascher erholt haben! Noch ein Vierteljährchen vielleicht, und dein entschleiertes Josaphat, süße Seele, hätte an meinem armen Hirn zu zehren begonnen wie die Sonne am Butterkloß. Es war hohe Zeit, die Trennung von Tisch und Bett zu erwirken.

Brr, ich fühle einen Heliogabalus in mir! Moritura me salutat! –

Mädchen, Mädchen, warum presst du deine Knie zusammen? – warum auch jetzt noch? – angesichts der unerforschlichen Ewigkeit?? – Eine Zuckung, und ich gebe dich frei! – Eine weibliche Regung, ein Zeichen von Lüsternheit, von Sympathie, Mädchen! – ich will dich in Gold rahmen lassen, dich über meinem Bett aufhängen! – Ahnst du denn nicht, dass nur deine Keuschheit meine Ausschweifungen gebiert? – Wehe, wehe über die Unmenschlichen!

... Man merkt eben immer, dass sie eine musterhafte Erziehung genossen hat. – Mir geht es ja ebenso.

Hast du zu Nacht gebetet, Desdemona?

Das Herz krampft sich mir zusammen – – Unsinn! – Auch die heilige Agnes starb um ihrer Zurückhaltung willen und war nicht halb so nackt wie du! – Einen Kuss noch auf deinen blühenden Leib, deine kindlich schwellende Brust – deine süßgerundeten – deine grausamen Knie ...

Die Sache will's, die Sache will's, mein Herz!

Lasst sie mich euch nicht nennen, keusche Sterne!

Die Sache will's! – *(Das Bild fällt in die Tiefe; er schließt den Deckel.)*

VIERTE SZENE

Ein Heuboden. – Melchior liegt auf dem Rücken im frischen Heu. Wendla kommt die Leiter herauf.

WENDLA. Hier hast du dich verkrochen? – Alles sucht dich. Der Wagen ist wieder hinaus. Du musst helfen. Es ist ein Gewitter im Anzug.

MELCHIOR. Weg von mir! – Weg von mir!

WENDLA. Was ist dir denn? – Was verbirgst du dein Gesicht?

MELCHIOR. Fort, fort! – Ich werfe dich die Tenne hinunter.

WENDLA. Nun geh ich erst recht nicht. – *(Kniet neben ihm nieder.)* Warum kommst du nicht mit auf die Matte hinaus, Melchior? – Hier ist es schwül und düster. Werden wir auch nass bis auf die Haut, was macht uns das!

MELCHIOR. Das Heu duftet so herrlich. – Der Himmel draußen muss schwarz wie ein Bahrtuch sein. – Ich sehe nur noch den leuchtenden Mohn an deiner Brust – und dein Herz hör ich schlagen –

WENDLA. – – Nicht küssen, Melchior! – Nicht küssen!

MELCHIOR. – Dein Herz – hör ich schlagen –

WENDLA. – Man liebt sich – wenn man küsst – – – – – Nicht, nicht! – –

MELCHIOR. O glaub mir, es gibt keine Liebe! – Alles Eigennutz, alles Egoismus! – Ich liebe dich so wenig, wie du mich liebst. –

WENDLA. – Nicht! – – – Nicht, Melchior! – –

MELCHIOR. – – – Wendla!

WENDLA. O Melchior! – – – – – – nicht – – nicht – –

FÜNFTE SZENE

FRAU GABOR *(sitzt, schreibt).*

Lieber Herr Stiefel!

Nachdem ich 24 Stunden über alles, was Sie mir schreiben, nachgedacht und wieder nachgedacht, ergreife ich schweren Herzens die Feder. Den Betrag zur Überfahrt nach Amerika kann ich Ihnen – ich gebe Ihnen meine heiligste Versicherung – nicht verschaffen. Erstens habe ich so viel nicht zu meiner Verfügung, und zweitens, wenn ich es hätte, wäre es die denkbar größte Sünde, Ihnen die Mittel zur Ausführung einer so folgenschweren Unbedachtsamkeit an die Hand zu geben. Bitter Unrecht würden Sie mir tun, Herr Stiefel, in dieser Weigerung ein Zeichen mangelnder Liebe zu erblicken. Es wäre umgekehrt die gröbste Verletzung meiner Pflicht als mütterliche Freundin, wollte ich mich durch Ihre momentane Fassungslosigkeit dazu bestimmen lassen, nun auch meinerseits den Kopf zu verlieren und meinen ersten nächstliegenden Impulsen blindlings nachzugeben. Ich bin gern bereit – falls Sie es wünschen – an Ihre Eltern zu schreiben. Ich werde Ihre Eltern davon zu überzeugen suchen, dass Sie im Laufe dieses Quartals getan haben, was Sie tun konnten, dass Sie Ihre Kräfte erschöpft, derart, dass eine rigorose Beurteilung Ihres Geschickes nicht nur ungerechtfertigt wäre, sondern in erster Linie im höchsten Grade nachteilig auf Ihren geistigen und körperlichen Gesundheitszustand wirken könnte.

Dass Sie mir andeutungsweise drohen, im Fall Ihnen die Flucht nicht ermöglicht wird, sich das Leben nehmen zu wollen, hat mich, offen gesagt, Herr Stiefel, etwas befremdet. Sei ein Unglück noch so unverschuldet, man sollte sich nie und nimmer zur Wahl unlauterer Mittel hinreißen lassen. Die Art und Weise, wie Sie mich, die ich Ihnen stets nur Gutes erwiesen, für einen eventuellen entsetzlichen Frevel Ihrerseits verantwortlich machen wollen, hat etwas, das in den Augen eines schlecht denkenden Menschen gar zu leicht zum Erpressungsversuch werden könnte. Ich muss gestehen, dass ich mir dieses Vorgehens von Ihnen, der Sie doch sonst so gut wissen, was man sich selber schuldet, zu allerletzt gewärtig gewesen wäre. Indessen hege ich die feste Überzeugung, dass Sie noch zu sehr unter dem Eindruck des ersten Schreckens standen, um sich Ihrer Handlungsweise vollkommen bewusst werden zu können.

Und so hoffe ich denn auch zuversichtlich, dass diese meine Worte Sie bereits in gefassterer Gemütsstimmung antreffen. Nehmen Sie die Sache, wie sie liegt. Es ist meiner Ansicht nach durchaus unzulässig, einen jungen Mann nach seinen Schulzeugnissen zu beurteilen. Wir haben zu viele Beispiele, dass sehr schlechte Schüler vorzügliche Menschen geworden und umgekehrt ausgezeichnete Schüler sich im Leben nicht sonderlich bewährt haben. Auf jeden Fall gebe ich Ihnen die Versicherung, dass Ihr Missgeschick, soweit das von mir abhängt, in Ihrem Verkehr mit Melchior nichts ändern soll. Es wird mir stets zur Freude gereichen, meinen Sohn mit einem jungen Manne umgehn zu sehn, der sich, mag ihn nun die Welt beurteilen wie sie will, auch meine vollste Sympathie zu gewinnen vermochte.

Und somit Kopf hoch, Herr Stiefel! – Solche Krisen dieser oder jener Art treten an jeden von uns heran und wollen eben überstanden sein. Wollte da ein jeder gleich zu Dolch und Gift greifen, es möchte recht bald keine Menschen mehr auf der Welt geben. Lassen Sie bald wieder etwas von sich hören und seien Sie herzlich gegrüßt von Ihrer Ihnen unverändert zugetanen

mütterlichen Freundin Fanny G.

SECHSTE SZENE

Bergmanns Garten im Morgensonnenglanz.

WENDLA. Warum hast du dich aus der Stube geschlichen? – Veilchen suchen! – Weil mich Mutter lächeln sieht. – Warum bringst du auch die Lippen nicht mehr zusammen? – Ich weiß nicht. – Ich weiß es ja nicht, ich finde nicht Worte ...

Der Weg ist wie ein Plüschteppich – kein Steinchen, kein Dorn. – Meine Füße berühren den Boden nicht ... Oh, wie ich die Nacht geschlummert habe!

Hier standen sie. – Mir wird ernsthaft wie einer Nonne beim Abendmahl. – Süße Veilchen! – Ruhig, Mütterchen. Ich will mein Bußgewand anziehn. – Ach Gott, wenn jemand käme, dem ich um den Hals fallen und erzählen könnte!

SIEBENTE SZENE

Abenddämmerung. Der Himmel ist leicht bewölkt, der Weg schlängelt sich durch niedres Gebüsch und Riedgras. In einiger Entfernung hört man den Fluss rauschen.

MORITZ. Besser ist besser. – Ich passe nicht hinein. Mögen sie einander auf die Köpfe steigen. – Ich ziehe die Tür hinter mir zu und trete ins Freie. – Ich gebe nicht so viel darum, mich herumdrücken zu lassen.

Ich habe mich nicht aufgedrängt. Was soll ich mich jetzt aufdrängen! – Ich habe keinen Vertrag mit dem lieben Gott. Mag man die Sache drehen, wie man sie drehen will. Man hat mich gepresst. – Meine Eltern mache ich nicht verantwortlich. Immerhin mussten sie auf das Schlimmste gefasst sein. Sie waren alt genug, um zu wissen, was sie taten. Ich war ein Säugling, als ich zur Welt kam – sonst wäre ich wohl auch noch so schlau gewesen, ein anderer zu werden. – Was soll ich dafür büßen, dass alle andern schon da waren!

Ich müsste ja auf den Kopf gefallen sein ... macht mir jemand einen tollen Hund zum Geschenk, dann gebe ich ihm seinen tollen Hund zurück. Und will er seinen tollen Hund nicht zurücknehmen, dann bin ich menschlich und ...

Ich müsste ja auf den Kopf gefallen sein!

Man wird ganz per Zufall geboren und sollte nicht nach reiflichster Überlegung – – – es ist zum Totschießen! – Das Wetter zeigte sich wenigstens rücksichtsvoll. Den ganzen Tag sah es nach Regen aus, und nun hat es sich doch gehalten. – Es herrscht eine seltene Ruhe in der Natur. Nirgends etwas Grelles, Aufreizendes. Himmel und Erde sind wie durchsichtiges Spinnewebe. Und dabei scheint sich alles so wohl zu fühlen. Die Landschaft ist lieblich wie eine Schlummermelodie – „schlafe, mein Prinzchen, schlaf ein“, wie Fräulein Snandulia sang. Schade, dass sie die Ellbogen ungraziös hält! – Am Cäcilienfest habe ich zum letzten Male getanzt. Snandulia tanzt nur mit Partien. Ihre Seidenrobe war hinten und vorn ausgeschnitten. Hinten bis auf den Taillengürtel und vorne bis zur Bewusstlosigkeit. – Ein Hemd kann sie nicht angehabt haben ...

– –

– Das wäre etwas, was mich noch fesseln könnte. – Mehr der Kuriosität halber. – Es muss ein sonderbares Empfinden sein – – ein Gefühl, als würde man über Stromschnellen gerissen – – – Ich werde es niemandem sagen, dass ich unverrichteter Sache wiederkehre. Ich werde so tun, als hätte ich alles das mitgemacht ... Es hat etwas Beschämendes, Mensch gewesen zu sein, ohne das Menschlichste kennen gelernt zu haben. – Sie kommen aus Ägypten, verehrter Herr, und haben die Pyramiden nicht gesehn?!

Ich will heute nicht wieder weinen. Ich will nicht wieder an mein Begräbnis denken – – Melchior wird mir einen Kranz auf den Sarg legen. Pastor Kahlbauch wird meine Eltern trösten. Rektor Sonnenstich wird Beispiele aus der Geschichte zitieren. – Einen Grabstein werd ich wahrscheinlich nicht bekommen. Ich hätte mir eine schneeweiße Marmorurne auf schwarzem Syenitsockel gewünscht – ich werde sie ja gottlob nicht vermissen. Die Denkmäler sind für die Lebenden, nicht für die Toten.

Ich brauchte wohl ein Jahr, um in Gedanken von allen Abschied zu nehmen. Ich will nicht wieder weinen. Ich bin froh, ohne Bitterkeit zurückblicken zu dürfen. Wie manchen schönen Abend ich mit Melchior verlebt habe! – unter den Uferweiden; beim Forsthaus; am Heerweg draußen, wo die fünf Linden stehen; auf dem Schlossberg, zwischen den lauschigen Trümmern der Runenburg. – – – Wenn die Stunde gekommen, will ich aus Leibeskräften an Schlagsahne denken. Schlagsahne hält nicht auf. Sie stopft und hinterlässt dabei doch einen angenehmen Nachgeschmack ... Auch die Menschen hatte ich mir unendlich schlimmer gedacht. Ich habe keinen gefunden, der nicht sein Bestes gewollt hätte. Ich habe manchen bemitleidet um meinetwillen.

Ich wandle zum Altar wie der Jüngling im alten Etrurien, dessen letztes Röcheln der Brüder Wohlergehen für das kommende Jahr erkauft. – Ich durchkoste Zug für Zug die geheimnisvollen Schauer der Loslösung. Ich schluchze vor Wehmut über mein Los. – – Das Leben hat mir die kalte Schulter gezeigt. Von drüben her sehe ich ernste freundliche Blicke winken: die kopflose Königin, die kopflose Königin – Mitgefühl, mich mit weichen Armen erwartend ... Eure Gebote gelten für Unmündige; ich trage mein Freibillett in mir. Sinkt die Schale, dann flattert der Falter davon; das Trugbild geniert nicht mehr. – Ihr solltet kein tolles Spiel mit dem Schwindel treiben! Der Nebel zerrinnt; das Leben ist Geschmacksache.

ILSE *(in abgerissenen Kleidern, ein buntes Tuch um den Kopf, fasst ihn von rückwärts an der Schulter).* Was hast du verloren?

MORITZ. Ilse?!

ILSE. Was suchst du hier?

MORITZ. Was erschreckst du mich so?

ILSE. Was suchst du? – Was hast du verloren?

MORITZ. Was erschreckst du mich denn so entsetzlich?

ILSE. Ich komme aus der Stadt. Ich gehe nach Hause.

MORITZ. Ich weiß nicht, was ich verloren habe.

ILSE. Dann hilft auch dein Suchen nichts.

MORITZ. Sakerment, Sakerment!!

ILSE. Seit vier Tagen bin ich nicht zu Hause gewesen.

MORITZ. – Lautlos wie eine Katze!

ILSE. Weil ich meine Ballschuhe anhabe. – Mutter wird Augen machen! – Komm bis an unser Haus mit!

MORITZ. Wo hast du wieder herumgestrolcht?

ILSE. In der Priapia!

MORITZ. Priapia!

ILSE. Bei Nohl, bei Fehrendorf, bei Padinsky, bei Lenz, Rank, Spühler – bei allen möglichen! – Kling, kling – die wird springen!

MORITZ. Malen sie dich?

ILSE. Fehrendorf malt mich als Säulenheilige. Ich stehe auf einem korinthischen Kapitäl. Fehrendorf, sag ich dir, ist eine verhauene Nudel. Das letzte Mal zertrat ich ihm eine Tube. Er wischt mir die Pinsel ins Haar. Ich versetze ihm eine Ohrfeige. Er wirft mir die Palette an den Kopf. Ich werfe die Staffelei um. Er mit dem Malstock hinter mir drein über Diwan, Tische, Stühle, ringsum durchs Atelier. Hinterm Ofen lag eine Skizze: Brav sein, oder ich zerreiße sie! – Er schwor Amnestie und hat mich dann schließlich noch schrecklich – schrecklich, sag ich dir – abgeküsst.

MORITZ. Wo übernachtest du, wenn du in der Stadt bleibst?

ILSE. Gestern waren wir bei Nohl – vorgestern bei Bojokewitsch – am Sonntag bei Oikonomopulos. Bei Padinsky gab's Sekt. Valabregez hatte seinen Pestkranken verkauft. Adolar trank aus dem Aschenbecher. Lenz sang die Kindesmörderin, und Adolar schlug die Gitarre krumm. Ich war so betrunken, dass sie mich zu Bett bringen mussten. — Du gehst immer noch zur Schule, Moritz?

MORITZ. Nein, nein ... dieses Quartal nehme ich meine Entlassung.

ILSE. Du hast Recht. Ach, wie die Zeit vergeht, wenn man Geld verdient! – Weißt du noch, wie wir Räuber spielten? –

Wendla Bergmann und du und ich und die andern, wenn ihr abends herauskamt und kuhwarme Ziegenmilch bei uns trankt? – Was macht Wendla? Ich sah sie noch bei der Überschwemmung. – Was macht Melchi Gabor? – Schaut er noch so tiefsinnig drein? – In der Singstunde standen wir einander gegenüber.

MORITZ. Er philosophiert.

ILSE. Wendla war derweil bei uns und hat der Mutter Eingemachtes gebracht. Ich saß den Tag bei Isidor Landauer. Er braucht mich zur heiligen Maria, Mutter Gottes, mit dem Christuskind. Er ist ein Tropf und widerlich. Hu, wie ein Wetterhahn! – Hast du Katzenjammer?

MORITZ. Von gestern Abend! – Wir haben wie Nilpferde gezecht. Um fünf Uhr wankt' ich nach Hause.

ILSE. Man braucht dich nur anzusehen. – Waren auch Mädchen dabei?

MORITZ. Arabella, die Biernymphe, Andalusierin! – Der Wirt ließ uns alle die ganze Nacht durch mit ihr allein ...

ILSE. Man braucht dich nur anzusehn, Moritz! – Ich kenne keinen Katzenjammer. Vergangenen Karneval kam ich drei Tage und drei Nächte in kein Bett und nicht aus den Kleidern. Von der Redoute ins Café, mittags in Bellavista, abends Tingl-Tangl, nachts zur Redoute. Lena war dabei und die dicke Viola. – In der dritten Nacht fand mich Heinrich.

MORITZ. Hatte er dich denn gesucht?

ILSE. Er war über meinen Arm gestolpert. Ich lag bewusstlos im Straßenschnee. – Darauf kam ich zu ihm hin. Vierzehn Tage verließ ich seine Behausung nicht – eine gräuliche Zeit! – Morgens musste ich seinen persischen Schlafrock überwerfen und abends in schwarzem Pagenkostüm durchs Zimmer gehn; an Hals, an Knien und Ärmeln weiße Spitzenaufschläge. Täglich photographierte er mich in anderem Arrangement – einmal auf der Sofalehne als Ariadne, einmal als Leda, einmal als Ganymed, einmal auf allen vieren als weiblichen Nebuchod-Nosor. Dabei schwärmte er von Umbringen, von Erschießen, Selbstmord und Kohlendampf. Frühmorgens nahm er eine Pistole ins Bett, lud sie voll Spitzkugeln und setzte sie mir auf die Brust: Ein Zwinkern, so drück ich! – Oh, er hätte gedrückt, Moritz; er hätte gedrückt! – Dann nahm er das Dings in den Mund wie ein Pustrohr. Das wecke den Selbsterhaltungstrieb. Und dann – brrrr – die Kugel wäre mir durchs Rückgrat gegangen.

MORITZ. Lebt Heinrich noch?

ILSE. Was weiß ich! – Über dem Bett war ein Deckenspiegel im

Plafond eingelassen. Das Kabinett schien turmhoch und hell wie ein Opernhaus. Man sah sich leibhaftig vom Himmel herunterhängen. Grauenvoll habe ich die Nächte geträumt. – Gott, o Gott, wenn es erst wieder Tag würde! – Gute Nacht, Ilse. Wenn du schläfst, bist du zum Morden schön!

MORITZ. Lebt dieser Heinrich noch?

ILSE. So Gott will, nicht! – Wie er eines Tages Absinth holt, werfe ich den Mantel um und schleiche mich auf die Straße. Der Fasching war aus; die Polizei fängt mich ab; was ich in Mannskleidern wolle? – Sie brachten mich zur Hauptwache. Da kamen Nohl, Fehrendorf, Padinsky, Spühler, Oikonomopulos, die ganze Priapia, und bürgten für mich. Im Fiaker transportierten sie mich auf Adolars Atelier. Seither bin ich der Horde treu. Fehrendorf ist ein Affe, Nohl ist ein Schwein. Bojokewitsch ein Uhu, Loison eine Hyäne, Oikonomopulos ein Kamel – darum lieb ich sie doch, einen wie den andern und möchte mich an sonst niemand hängen, und wenn die Welt voll Erzengel und Millionäre wär!

MORITZ. – Ich muss zurück, Ilse.

ILSE. Komm bis an unser Haus mit!

MORITZ. – Wozu? – Wozu? –

ILSE. Kuhwarme Ziegenmilch trinken! – Ich will dir Locken brennen und dir ein Glöcklein um den Hals hängen. – Wir haben auch noch ein Hü-Pferdchen, mit dem du spielen kannst.

MORITZ. Ich muss zurück. – Ich habe noch die Sassaniden, die Bergpredigt und das Parallelepipedon auf dem Gewissen – Gute Nacht, Ilse!

ILSE. Schlummre süß! . . . Geht ihr wohl noch zum Wigwam hinunter, wo Melchi Gabor meinen Tomahawk begrub? – Brrr! Bis es an euch kommt, lieg ich im Kehricht. *(Eilt davon.)*

MORITZ *(allein)*. – – – Ein Wort hätte es gekostet. – *(Er ruft.)* – Ilse! – Ilse! — Gottlob, sie hört nicht mehr.

– Ich bin in der Stimmung nicht. – Dazu bedarf es eines freien Kopfes und eines fröhlichen Herzens. – Schade, schade um die Gelegenheit!

. . . ich werde sagen, ich hätte mächtige Kristallspiegel über meinen Betten gehabt – hätte mir ein unbändiges Füllen gezogen – hätte es in langen schwarzseidenen Strümpfen und schwarzen Lackstiefeln und schwarzen, langen Glacé-Handschuhen, schwarzen Samt um den Hals, über den Teppich an mir vorbeistolzieren lassen – hätte es in einem Wahnsinnsanfall in meinem Kissen erwürgt . . . ich werde lächeln, wenn von Wollust die Rede ist . . . ich werde – Aufschreien! – Aufschreien! – Du sein, Ilse! – Priapia! – Besinnungslosigkeit! – Das nimmt die Kraft mir! – Dieses Glückskind, dieses Sonnenkind – dieses Freudenmädchen auf meinem Jammerweg! – – Oh! – Oh!

– –
– –

(Im Ufergebüsch.)

Hab ich sie doch unwillkürlich wieder gefunden – die Rasenbank. Die Königskerzen scheinen gewachsen seit gestern. Der Ausblick zwischen den Weiden durch ist derselbe noch. – Der Fluss zieht schwer wie geschmolzenes Blei. – Dass ich nicht vergesse … *(Er zieht Frau Gabors Brief aus der Tasche und verbrennt ihn.)* – Wie die Funken irren – hin und her, kreuz und quer – Seelen! – Sternschnuppen! –

Eh ich angezündet, sah man die Gräser noch und einen Streifen am Horizont. – Jetzt ist es dunkel geworden. Jetzt gehe ich nicht mehr nach Hause.

DRITTER AKT

ERSTE SZENE

Konferenzzimmer. – An den Wänden die Bildnisse von Pestalozzi und J. J. Rousseau. Um einen grünen Tisch, über dem mehrere Gasflammen brennen, sitzen die Professoren Affenschmalz, Knüppeldick, Hungergurt, Knochenbruch, Zungenschlag und Fliegentod. Am oberen Ende auf erhöhtem Sessel Rektor Sonnenstich. Pedell Habebald kauert neben der Tür.

SONNENSTICH. ... Sollte einer der Herren noch etwas zu bemerken haben? – – Meine Herren! – Wenn wir nicht umhin können, bei einem hohen Kultusministerium die Relegation unseres schuldbeladenen Schülers zu beantragen, so können wir das aus den schwerwiegendsten Gründen nicht. Wir können es nicht, um das bereits hereingebrochene Unglück zu sühnen, wir können es ebenso wenig, um unsere Anstalt für die Zukunft vor ähnlichen Schlägen sicherzustellen. Wir können es nicht, um unseren schuldbeladenen Schüler für den demoralisierenden Einfluss, den er auf seinen Klassengenossen ausgeübt, zu züchtigen; wir können es zu allerletzt, um ihn zu verhindern, den nämlichen Einfluss auf seine übrigen Klassengenossen auszuüben. Wir können es – und der, meine Herren, möchte der schwerwiegendste sein – aus dem jeden Einwand niederschlagenden Grunde nicht, weil wir unsere Anstalt vor den Verheerungen einer Selbstmordepidemie zu schützen haben, wie sie bereits an verschiedenen Gymnasien zum Ausbruch gelangt und bis heute allen Mitteln, den Gymnasiasten an seine durch seine Heranbildung zum Gebildeten gebildeten Existenzbedingungen zu fesseln, gespottet hat. – – Sollte einer der Herren noch etwas zu bemerken haben?

KNÜPPELDICK. Ich kann mich nicht länger der Überzeugung verschließen, dass es endlich an der Zeit wäre, irgendwo ein Fenster zu öffnen.

ZUNGENSCHLAG. Es he-herrscht hier eine A-A-Atmosphäre wie in unterirdischen Kata-Katakomben, wie in den A-Aktensälen des weiland Wetzlarer Ka-Ka-Ka-Ka-Kammergerichtes.

SONNENSTICH. Habebald!

HABEBALD. Befehlen, Herr Rektor!

SONNENSTICH. Öffnen Sie ein Fenster! Wir haben Gott sei Dank Atmosphäre genug draußen. – Sollte einer der Herren noch etwas zu bemerken haben?

FLIEGENTOD. Wenn meine Herren Kollegen ein Fenster öffnen lassen wollen, so habe ich meinerseits nichts dagegen einzuwenden. Nur möchte ich bitten, das Fenster nicht gerade hinter meinem Rücken öffnen lassen zu wollen!

SONNENSTICH. Habebald!

HABEBALD. Befehlen, Herr Rektor!

SONNENSTICH. Öffnen Sie das andere Fenster! – – Sollte einer der Herren noch etwas zu bemerken haben?

HUNGERGURT. Ohne die Kontroverse meinerseits belasten zu wollen, möchte ich an die Tatsache erinnern, dass das andere Fenster seit den Herbstferien zugemauert ist.

SONNENSTICH. Habebald!

HABEBALD. Befehlen, Herr Rektor!

SONNENSTICH. Lassen Sie das andere Fenster geschlossen! – Ich sehe mich genötigt, meine Herren, den Antrag zur Abstimmung zu bringen. Ich ersuche diejenigen Herren Kollegen, die dafür sind, dass das einzig in Frage kommen könnende Fenster geöffnet werde, sich von ihren Sitzen zu erheben. *(Er zählt.)* – Eins, zwei, drei. – Eins, zwei, drei. – Habebald!

HABEBALD. Befehlen, Herr Rektor!

SONNENSTICH. Lassen Sie das eine Fenster gleichfalls geschlossen! – Ich meinerseits hege die Überzeugung, dass die Atmosphäre nichts zu wünschen übrig lässt! – – Sollte einer der Herren noch etwas zu bemerken haben? – – Meine Herren! – Setzen wir den Fall, dass wir die Relegation unseres schuldbeladenen Schülers bei einem hohen Kultusministerium zu beantragen unterlassen, so wird u n s ein hohes Kultusministerium für das hereingebrochene Unglück verantwortlich machen. Von den verschiedenen von der Selbstmord-Epidemie heimgesuchten Gymnasien sind diejenigen, in denen fünfundzwanzig Prozent den Verheerungen zum Opfer gefallen, von einem hohen Kultusministerium suspendiert worden. Vor diesem erschütterndsten Schlage unsere Anstalt zu bewahren, ist unsere Pflicht als Hüter und Bewahrer unserer Anstalt. Es schmerzt uns tief, meine Herren Kollegen, dass wir die sonstige Qualifikation unseres schuldbeladenen Schülers als mildernden Umstand gelten zu lassen nicht in der Lage sind. Ein nachsichtiges Verfahren, das sich unserem schuldbeladenen Schüler gegenüber rechtfertigen ließe, ließe sich der zur Zeit in denkbar bedenklichster Weise gefährdeten Existenz unserer Anstalt gegenüber n i c h t rechtfertigen. Wir sehen uns in die Notwendigkeit versetzt, den Schuldbeladenen zu richten, um nicht als die Schuldlosen gerichtet zu werden. – Habebald!

HABEBALD. Befehlen, Herr Rektor!

SONNENSTICH. Führen Sie ihn herauf!

(Habebald ab.)

ZUNGENSCHLAG. Wenn die he-herrschende A-A-Atmosphäre maßgebenderseits wenig oder nichts zu wünschen übrig lässt, so möchte ich den Antrag stellen, während der So-Sommerferien auch noch das andere Fenster zu-zu-zu-zu-zu-zu-zu-zu-zuzumauern!

FLIEGENTOD. Wenn unserem lieben Kollega Zungenschlag unser Lokal nicht genügend ventiliert erscheint, so möchte ich den Antrag stellen, unserm lieben Kollega Zungenschlag einen Ventilator in die Stirnhöhle applizieren zu lassen.

ZUNGENSCHLAG. Da-da-das brauche ich mir nicht gefallen zu lassen! – Gro-Grobheiten brauche ich mir nicht gefallen zu lassen! – Ich bin meiner fü-fü-fü-fü-fünf Sinne mächtig . . .!

SONNENSTICH. Ich muss unsere Herren Kollegen Fliegentod und Zungenschlag um einigen Anstand ersuchen. Unser schuldbeladener Schüler scheint mir bereits auf der Treppe zu sein.

(Habebald öffnet die Türe, worauf Melchior, bleich, aber gefasst, vor die Versammlung tritt.)

SONNENSTICH. Treten Sie näher an den Tisch heran! – Nachdem Herr Rentier Stiefel von dem ruchlosen Frevel seines Sohnes Kenntnis erhalten, durchsuchte der fassungslose Vater, in der Hoffnung, auf diesem Wege möglicherweise dem Anlass der verabscheuungswürdigen Untat auf die Spur zu kommen, die hinterlassenen Effekten seines Sohnes Moritz und stieß dabei an einem nicht zur Sache gehörigen Orte auf ein Schriftstück, welches uns, ohne noch die verabscheuungswürdige Untat an sich verständlich zu machen, für die dabei maßgebend gewesene moralische Zerrüttung des Untäters eine leider nur allzu ausreichende Erklärung liefert. Es handelt sich um eine in Gesprächsform abgefasste, „Der Beischlaf“ betitelte, mit lebensgroßen Abbildungen versehene, von den schamlosesten Unflätereien strotzende, zwanzig Seiten lange Abhandlung, die den geschraubtesten Anforderungen, die ein verworfener Lüstling an eine unzüchtige Lektüre zu stellen vermöchte, entsprechen dürfte. –

MELCHIOR. Ich habe . . .

SONNENSTICH. Sie haben sich ruhig zu verhalten! – Nachdem Herr Rentier Stiefel uns fragliches Schriftstück ausgehändigt und wir dem fassungslosen Vater das Versprechen erteilt, um jeden Preis den Autor zu ermitteln, wurde die uns vorliegende Handschrift mit den Handschriften sämtlicher Mitschüler des weiland Ruchlosen verglichen und ergab nach dem einstimmigen Urteil der gesamten Lehrerschaft sowie in vollkommenem Einklang mit dem Spezial-Gutachten unseres geschätzten Herrn Kollegen für Kalligraphie die denkbar bedenklichste Ähnlichkeit mit der Ihrigen. –

MELCHIOR. Ich habe ...

SONNENSTICH. Sie haben sich ruhig zu verhalten! – Ungeachtet der erdrückenden Tatsache der vonseiten unantastbarer Autoritäten anerkannten Ähnlichkeit glauben wir uns vorderhand noch jeder weiteren Maßnahmen enthalten zu dürfen, um in erster Linie den Schuldigen über das ihm demgemäß zur Last fallende Vergehen wider die Sittlichkeit in Verbindung mit daraus resultierender Veranlassung zur Selbstentleibung ausführlich zu vernehmen. –

MELCHIOR. Ich habe ...

SONNENSTICH. Sie haben die genau präzisierten Fragen, die ich Ihnen der Reihe nach vorlege, eine um die andere, mit einem schlichten und bescheidenen „Ja“ oder „Nein“ zu beantworten. – Habebald!

HABEBALD. Befehlen, Herr Rektor!

SONNENSTICH. Die Akten! – – Ich ersuche unseren Schriftführer, Herrn Kollega Fliegentod, von nun an möglichst wortgetreu zu protokollieren. – *(Zu Melchior.)* Kennen Sie dieses Schriftstück?

MELCHIOR. Ja.

SONNENSTICH. Wissen Sie, was dieses Schriftstück enthält?

MELCHIOR. Ja.

SONNENSTICH. Ist die Schrift dieses Schriftstücks die Ihrige?

MELCHIOR. Ja.

SONNENSTICH. Verdankt dieses unflätige Schriftstück Ihnen seine Abfassung?

MELCHIOR. Ja. – Ich ersuche Sie, Herr Rektor, mir eine Unflätigkeit darin nachzuweisen.

SONNENSTICH. Sie haben die genau präzisierten Fragen, die ich Ihnen vorlege, mit einem schlichten und bescheidenen „Ja“ oder „Nein“ zu beantworten!

MELCHIOR. Ich habe nicht mehr und nicht weniger geschrieben, als was eine Ihnen sehr wohl bekannte Tatsache ist!

SONNENSTICH. Dieser Schandbube!!

MELCHIOR. Ich ersuche Sie, mir einen Verstoß gegen die Sittlichkeit in der Schrift zu zeigen!

SONNENSTICH. Bilden Sie sich ein, ich hätte Lust, zu Ihrem Hanswurst an Ihnen zu werden?! – Habebald ...!

MELCHIOR. Ich habe ...

SONNENSTICH. Sie haben so wenig Ehrerbietung vor der Würde Ihrer versammelten Lehrerschaft, wie Sie Anstandsgefühl für das dem Menschen eingewurzelte Empfinden für die Diskretion der Verschämtheit einer sittlichen Weltordnung haben! – Habebald!!

HABEBALD. Befehlen, Herr Rektor!

SONNENSTICH. Es ist ja der Langenscheidt zur dreistündigen Erlernung des agglutinierenden Volapük!

MELCHIOR. Ich habe ...

SONNENSTICH. Ich ersuche unseren Schriftführer, Herrn Kollega Fliegentod, das Protokoll zu schließen!

MELCHIOR. Ich habe ...

SONNENSTICH. Sie haben sich ruhig zu verhalten! – Habebald!

HABEBALD. Befehlen, Herr Rektor!

SONNENSTICH. Führen Sie ihn hinunter!

ZWEITE SZENE

Friedhof in strömendem Regen. – Vor einem offenen Grabe steht Pastor Kahlbauch, den aufgespannten Schirm in der Hand. Zu seiner Rechten Rentier Stiefel, dessen Freund Ziegenmelker und Onkel Probst. Zur Linken Rektor Sonnenstich mit Professor Knochenbruch. Gymnasiasten schließen den Kreis. In einiger Entfernung vor einem halb verfallenen Grabmonument Martha und Ilse.

PASTOR KAHLBAUCH. ... Denn wer die Gnade, mit der der ewige Vater den in Sünden Geborenen gesegnet, von sich wies, er wird des geistigen Todes sterben! – Wer aber in eigenwilliger fleischlicher Verleugnung der Gott gebührenden Ehre dem Bösen gelebt und gedient, er wird des leiblichen Todes sterben! – Wer jedoch das Kreuz, das der Allerbarmer ihm um der Sünde willen auferlegt, freventlich von sich geworfen, wahrlich, wahrlich, ich sage euch, der wird des ewigen Todes sterben! – *(Er wirft eine Schaufel voll Erde in die Gruft.)* – Uns aber, die wir fort und fort wallen den Dornenpfad, lasset den Herrn, den allgütigen, preisen und ihm danken für seine unerforschliche Gnadenwahl. Denn so wahr dieser eines dreifachen Todes starb, so wahr wird Gott der Herr den Gerechten einführen zur Seligkeit und zum ewigen Leben. – Amen.

RENTIER STIEFEL *(mit tränenerstickter Stimme, wirft eine*

Schaufel voll Erde in die Gruft). Der Junge war nicht von mir! – Der Junge war nicht von mir! Der Junge hat mir von klein auf nicht gefallen!

REKTOR SONNENSTICH *(wirft eine Schaufel voll Erde in die Gruft).* Der Selbstmord als der denkbar bedenklichste Verstoß gegen die sittliche Weltordnung ist der denkbar bedenklichste Beweis f ü r die sittliche Weltordnung, indem der Selbstmörder der sittlichen Weltordnung den Urteilsspruch zu sprechen erspart und ihr Bestehen bestätigt.

PROFESSOR KNOCHENBRUCH *(wirft eine Schaufel voll Erde in die Gruft).* Verbummelt – versumpft – verhurt – verlumpt – und verludert!

ONKEL PROBST *(wirft eine Schaufel voll Erde in die Gruft).* Meiner eigenen Mutter hätte ich's nicht geglaubt, dass ein Kind so niederträchtig an seinen Eltern zu handeln vermöchte!

FREUND ZIEGENMELKER *(wirft eine Schaufel voll Erde in die Gruft).* An einem Vater zu handeln vermöchte, der nun seit zwanzig Jahren von früh bis spät keinen Gedanken mehr hegt als das Wohl seines Kindes!

PASTOR KAHLBAUCH *(Rentier Stiefel die Hand drückend).* Wir wissen, dass denen, die Gott lieben, alle Dinge zum Besten dienen. 1. Korinth. 12, 15. – Denken Sie der trostlosen Mutter, und suchen Sie ihr das Verlorene durch verdoppelte Liebe zu ersetzen!

REKTOR SONNENSTICH *(Rentier Stiefel die Hand drückend).* Wir hätten ihn ja wahrscheinlich doch nicht promovieren können!

PROFESSOR KNOCHENBRUCH *(Rentier Stiefel die Hand drückend).* Und wenn wir ihn promoviert hätten, im nächsten Frühling wäre er des Allerbestimmtesten sitzen geblieben!

ONKEL PROBST *(Rentier Stiefel die Hand drückend).* Jetzt hast du vor allem die Pflicht, an dich zu denken. Du bist Familienvater ...!

FREUND ZIEGENMELKER *(Rentier Stiefel die Hand drückend).* Vertraue dich meiner Führung! – Ein Hundewetter, dass einem die Därme schlottern! – Wer da nicht unverzüglich mit einem Grog eingreift, hat seine Herzklappenaffektion weg!

RENTIER STIEFEL *(sich die Nase schnäuzend).* Der Junge war nicht von mir ... der Junge war nicht von mir ...

(Rentier Stiefel, geleitet von Pastor Kahlbauch, Rektor Sonnenstich, Professor Knochenbruch, Onkel Probst und Freund Ziegenmelker, ab. Der Regen lässt nach.)

HÄNSCHEN RILOW *(wirft eine Schaufel voll Erde in die*

Gruft). Ruhe in Frieden, du ehrliche Haut! – Grüße mir meine ewigen Bräute hingeopferten Angedenkens, und empfiehl mich ganz ergebenst zu Gnaden dem lieben Gott – armer Tollpatsch du! – Sie werden dir um deiner Engelseinfalt willen noch eine Vogelscheuche aufs Grab setzen ...

GEORG. Hat sich die Pistole gefunden?

ROBERT. Man braucht keine Pistole zu suchen!

ERNST. Hast du ihn gesehen, Robert?

ROBERT. Verfluchter, verdammter Schwindel! – Wer hat ihn gesehen? – Wer denn?!

OTTO. Da steckt's nämlich! – Man hatte ihm ein Tuch übergeworfen.

GEORG. Hing die Zunge heraus?

ROBERT. Die Augen! – Deshalb hatte man das Tuch drübergeworfen.

OTTO. Grauenhaft!

HÄNSCHEN RILOW. Weißt du bestimmt, dass er sich erhängt hat?

ERNST. Man sagt, er habe gar keinen Kopf mehr.

OTTO. Unsinn! – Gewäsch!

ROBERT. Ich habe ja den Strick in Händen gehabt! – Ich habe noch keinen Erhängten gesehen, den man nicht zugedeckt hätte.

GEORG. Auf gemeinere Art hätte er sich nicht empfehlen können!

HÄNSCHEN RILOW. Was Teufel, das Erhängen soll ganz hübsch sein!

OTTO. Mir ist er nämlich noch fünf Mark schuldig. Wir hatten gewettet. Er schwor, er werde sich halten.

HÄNSCHEN RILOW. Du bist schuld, dass er daliegt. Du hast ihn Prahlhans genannt.

OTTO. Papperlapapp, ich muss auch büffeln die Nächte durch. Hätte er die griechische Literaturgeschichte gelernt, er hätte sich nicht zu erhängen brauchen!

ERNST. Hast du den Aufsatz, Otto?

OTTO. Erst die Einleitung.

ERNST. Ich weiß gar nicht, was schreiben.

GEORG. Warst du denn nicht da, als uns Affenschmalz die Disposition gab?

HÄNSCHEN RILOW. Ich stopsle mir was aus dem Demokrit zusammen.

ERNST. Ich will sehen, ob sich im Kleinen Meyer was finden lässt.

OTTO. Hast du den Vergil schon auf morgen? – – –

(Die Gymnasiasten ab. – Martha und Ilse kommen ans Grab.)

ILSE. Rasch, rasch! – Dort hinten kommen die Totengräber.

MARTHA. Wollen wir nicht lieber warten, Ilse?

ILSE. Wozu? – Wir bringen neue. Immer neue und neue! – Es wachsen genug.

MARTHA. Du hast Recht, Ilse! – *(Sie wirft einen Efeukranz in die Gruft. Ilse öffnet ihre Schürze und lässt eine Fülle frischer Anemonen auf den Sarg regnen.)*

MARTHA. Ich grabe unsere Rosen aus. Schläge bekomme ich ja doch! – Hier werden sie gedeihen.

ILSE. Ich will sie begießen, sooft ich vorbeikomme. Ich hole Vergissmeinnicht vom Goldbach herüber, und Schwertlilien bringe ich von Hause mit.

MARTHA. Es soll eine Pracht werden! Eine Pracht!

ILSE. Ich war schon über der Brücke drüben, da hört' ich den Knall.

MARTHA. Armes Herz!

ILSE. Und ich weiß auch den Grund, Martha.

MARTHA. Hat er dir was gesagt?

ILSE. Parallelepipedon! Aber sag es niemandem.

MARTHA. Meine Hand darauf.

ILSE. – Hier ist die Pistole.

MARTHA. Deshalb hat man sie nicht gefunden!

ILSE. Ich nahm sie ihm gleich aus der Hand, als ich am Morgen vorbeikam.

MARTHA. Ist's wahr, Ilse, dass er ohne Kopf drinliegt?

ILSE. Er muss sie mit Wasser geladen haben! – Die Königskerzen waren über und über mit Blut besprengt. Sein Hirn hing in den Weiden umher.

DRITTE SZENE

Herr und Frau Gabor.

FRAU GABOR. . . . Man hatte einen Sündenbock nötig. Man durfte die überall laut werdenden Anschuldigungen nicht auf sich beruhen lassen. Und nun mein Kind das Unglück gehabt, den Zöpfen im richtigen Moment in den Schuss zu laufen, nun soll ich, die eigene Mutter, das Werk seiner Henker vollenden helfen? – Bewahre mich Gott davor!

HERR GABOR. – Ich habe deine geistvolle Erziehungsmethode vierzehn Jahre schweigend mit angesehn. Sie widersprach meinen Begriffen. Ich hatte von jeher der Überzeugung gelebt, ein Kind sei kein Spielzeug; ein Kind habe Anspruch auf unsern heiligen Ernst. Aber ich sagte mir, wenn der Geist und die Grazie des einen die ernsten Grundsätze eines andern zu ersetzen imstande sind, so mögen sie den ernsten Grundsätzen vorzuziehen sein. – – Ich mache dir keinen Vorwurf, Fanny. Aber vertritt mir den Weg nicht, wenn ich dein und mein Unrecht an dem Jungen gutzumachen suche!

FRAU GABOR. Ich vertrete dir den Weg, solange ein Tropfen warmen Blutes in mir wallt! In der Korrektionsanstalt ist mein Kind verloren. Eine Verbrechernatur mag sich in solchen Instituten bessern lassen. Ich weiß es nicht. Ein gutgearteter Mensch wird so gewiss zum Verbrecher darin, wie die Pflanze verkommt, der du Luft und Sonne entziehst. Ich bin mir keines Unrechtes bewusst. Ich danke heute wie immer dem Himmel, dass er mir den Weg gezeigt, in meinem Kinde einen rechtlichen Charakter und eine edle Denkungsweise zu wecken. Was hat er denn so Schreckliches getan? Es soll mir nicht einfallen, ihn entschuldigen zu wollen – daran, dass man ihn aus der Schule gejagt, trägt er keine Schuld. Und wäre es sein Verschulden, so hat er es ja gebüßt. Du magst das alles besser wissen. Du magst theoretisch vollkommen im Rechte sein. Aber ich kann mir mein einziges Kind nicht gewaltsam in den Tod jagen lassen!

HERR GABOR. Das hängt nicht von uns ab, Fanny. – Das ist ein Risiko, das wir mit unserm Glück auf uns genommen. Wer zu schwach für den Marsch ist, bleibt am Wege. Und es ist schließlich das Schlimmste nicht, wenn das Unausbleibliche zeitig kommt. Möge uns der Himmel davor behüten! Unsere Pflicht ist es, den Wankenden zu festigen, solange die Vernunft Mittel weiß. – Dass man ihn aus der Schule gejagt, ist nicht seine Schuld. Wenn man ihn *nicht* aus der Schule gejagt hätte, es wäre auch seine Schuld nicht! – Du bist zu leichtherzig. Du erblickst vorwitzige Tändelei, wo es sich um Grundschäden des Charakters handelt. Ihr Frauen seid nicht berufen, über solche Dinge zu urteilen. Wer *das* schreiben kann, was Melchior schreibt, der muss im innersten Kern seines Wesens angefault sein. Das Mark ist ergriffen. Eine halbwegs gesunde Natur lässt sich zu so etwas nicht herbei. Wir sind alle keine Heiligen; jeder von uns irrt vom schnurgeraden Pfad ab. Seine Schrift hingegen vertritt das *Prinzip*. Seine Schrift entspricht keinem zufälligen gelegentlichen Fehltritt; sie dokumentiert mit Schauder erregender Deutlichkeit den aufrichtig gehegten *Vorsatz*, jene natürliche Veranlagung, jenen Hang zum *Unmoralischen*, weil es das Unmoralische ist. Seine Schrift manifestiert jene exzeptionelle geistige Korruption, die wir Juristen mit dem Ausdruck „moralischer Irrsinn" bezeichnen. – Ob sich gegen seinen Zustand etwas ausrichten lässt, vermag ich nicht zu sagen. Wenn wir uns einen Hoffnungsschimmer bewahren wollen, und in erster Linie unser fleckenloses Gewissen als die Eltern des Betreffenden, so ist es Zeit für uns, mit Entschiedenheit und mit allem Ernste ans Werk zu gehen. – Lass uns nicht länger streiten, Fanny! Ich fühle, wie schwer es dir wird. Ich weiß, dass du ihn vergötterst, weil er so ganz deinem genialischen Naturell entspricht. Sei stärker als du! Zeig dich deinem Sohne gegenüber endlich einmal selbstlos!

FRAU GABOR. Hilf mir Gott, wie lässt sich dagegen aufkommen! – Man muss ein Mann sein, um so sprechen zu können! Man muss ein Mann sein, um sich so vom toten Buchstaben verblenden lassen zu können! Man muss ein Mann sein, um so blind das in die Augen Springende nicht zu sehn! – Ich habe gewissenhaft und besonnen an Melchior gehandelt vom ersten Tag an, da ich ihn für die Eindrücke seiner Umgebung empfänglich fand. Sind wir denn für den Zufall verantwortlich?! Dir kann morgen ein Dachziegel auf den Kopf fallen, und dann kommt dein Freund – dein Vater, und statt deine Wunde zu pflegen, setzt er den Fuß auf dich! – Ich lasse mein Kind nicht vor meinen Augen hinmorden. Dafür bin ich seine Mutter. – Es ist unfassbar! Es ist gar nicht zu glauben! Was schreibt er denn in aller Welt! Ist's denn nicht der eklatanteste Beweis für seine Harmlosigkeit, für seine Dummheit, für seine kindliche Unberührtheit, dass er so etwas schreiben kann! – Man muss keine Ahnung von Menschenkenntnis besitzen – man muss ein vollständig entseelter Bürokrat oder ganz nur Beschränktheit sein, um hier moralische Korruption zu wittern! – – Sag, was du willst. Wenn du Melchior in die Korrektionsanstalt bringst, dann sind wir geschieden! Und dann lass mich sehen, ob ich nicht irgendwo in der Welt Hilfe und Mittel finde, mein Kind seinem Untergange zu entreißen.

HERR GABOR. Du wirst dich drein schicken müssen – wenn nicht heute, dann morgen. Leicht wird es keinem, mit dem Unglück zu diskontieren. Ich werde dir zur Seite stehen und, wenn dein Mut zu erliegen droht, keine Mühe und kein Opfer scheuen, dir das Herz zu entlasten. Ich sehe die Zukunft so grau, so wolkig – es fehlte nur noch, dass auch du mir noch verloren gingst.

FRAU GABOR. Ich sehe ihn nicht wieder; ich sehe ihn nicht wieder. Er erträgt das Gemeine nicht. Er findet sich nicht ab mit dem Schmutz. Er zerbricht den Zwang; das entsetzlichste Beispiel schwebt ihm vor Augen! – Und sehe ich ihn wieder – Gott, Gott, dieses frühlingsfrohe Herz – sein helles Lachen – alles, alles – seine kindliche Entschlossenheit, mutig zu kämpfen für Gut und Recht – o dieser Morgenhimmel, wie ich ihn licht und rein in seiner Seele gehegt als mein höchstes Gut ... Halte dich an mich, wenn das Unrecht um Sühne schreit! Halte dich an mich! Verfahre mit mir, wie du willst! Ich trage die Schuld. – Aber lass deine fürchterliche Hand von dem Kind weg.

HERR GABOR. Er hat sich vergangen!

FRAU GABOR. Er hat sich nicht vergangen!

HERR GABOR. Er hat sich vergangen! – – – Ich hätte alles darum gegeben, es deiner grenzenlosen Liebe ersparen zu dürfen. – – Heute Morgen kommt eine Frau zu mir, vergeistert, kaum ihrer Sprache mächtig, mit diesem Brief in der Hand – einem Brief an ihre fünfzehnjährige Tochter. Aus dummer Neugierde habe sie ihn erbrochen; das Mädchen war nicht zu Haus. – In dem Briefe erklärte Melchior dem fünfzehnjährigen Kind, dass ihm seine Handlungsweise keine Ruhe lasse, er habe sich an ihr versündigt usw. usw., werde indessen natürlich für alles einstehen. Sie möge sich nicht grämen, auch wenn sie Folgen spüre. Er sei bereits auf dem Wege, Hilfe zu schaffen; seine Relegation erleichtere ihm das. Der ehemalige Fehltritt könne noch zu ihrem Glücke führen – und was des unsinnigen Gewäsches mehr ist.

FRAU GABOR. Unmöglich!

HERR GABOR. Der Brief ist gefälscht. Es liegt Betrug vor. Man sucht seine stadtbekannte Relegation nutzbar zu machen. Ich habe mit dem Jungen noch nicht gesprochen – aber sieh bitte die Hand. Sieh die Schreibweise!

FRAU GABOR. Ein unerhörtes, schamloses Bubenstück!

HERR GABOR. Das fürchte ich!

FRAU GABOR. Nein, nein – nie und nimmer!

HERR GABOR. Umso besser wird es für uns sein. – Die Frau fragt mich händeringend, was sie tun solle. Ich sagte ihr, sie solle ihre fünfzehnjährige Tochter nicht auf Heuböden herumklettern lassen. Den Brief hat sie mir glücklicherweise dagelassen. – Schicken wir Melchior nun auf ein anderes Gymnasium, wo er nicht einmal unter elterlicher Aufsicht steht, so haben wir in drei Wochen den nämlichen Fall – neue Relegation – sein frühlingsfreudiges Herz gewöhnt sich nachgerade daran. – Sag mir, Fanny, wo soll ich hin mit dem Jungen?!

FRAU GABOR. – In die Korrektionsanstalt –

HERR GABOR. In die ...?

FRAU GABOR. ... Korrektionsanstalt!

HERR GABOR. Er findet dort in erster Linie, was ihm zu Hause ungerechterweise vorenthalten wurde: eherne Disziplin, Grundsätze und einen moralischen Zwang, dem er sich unter allen Umständen zu fügen hat. – Im Übrigen ist die Korrektionsanstalt nicht der Ort des Schreckens, den du dir darunter denkst. Das Hauptgewicht legt man in der Anstalt auf Entwicklung einer christlichen Denk- und Empfindungsweise. Der Junge lernt dort endlich das Gute wollen statt des Interessanten und bei seinen Handlungen nicht sein Naturell, sondern das Gesetz in Frage ziehen. – – Vor einer halben Stunde erhalte ich ein Telegramm von meinem Bruder, das mir die Aussagen der Frau bestätigt. Melchior hat sich ihm anvertraut und ihn um 200 Mark zur Flucht nach England gebeten ...

FRAU GABOR *(bedeckt ihr Gesicht).* Barmherziger Himmel!

VIERTE SZENE

Korrektionsanstalt. – Ein Korridor. – Diethelm, Reinhold, Ruprecht, Helmuth, Gaston und Melchior.

DIETHELM. Hier ist ein Zwanzigpfennigstück!

REINHOLD. Was soll's damit?

DIETHELM. Ich lege es auf den Boden. Ihr stellt euch drum herum. Wer es trifft, der hat's.

RUPRECHT. Machst du nicht mit, Melchior?

MELCHIOR. Nein, ich danke.

HELMUTH. Der Joseph!

GASTON. Er kann nicht mehr. Er ist zur Rekreation hier.

MELCHIOR *(für sich).* Es ist nicht klug, dass ich mich separiere. Alles hält mich im Auge. Ich muss mitmachen – oder die Kreatur geht zum Teufel. – – Die Gefangenschaft macht sie zu Selbstmördern. – – Brech ich den Hals, ist es gut! Komme ich davon, ist es auch gut! Ich kann nur gewinnen. – Ruprecht wird mein Freund, er besitzt hier Kenntnisse. – Ich werde ihm die Kapitel von Judas Schnur Thamar, von Moab, von Loth und seiner Sippe, von der Königin Basti und der Abisag von Sunem zum Besten geben. – Er hat die verunglückteste Physiognomie auf der Abteilung.

RUPRECHT. Ich hab's!

HELMUTH. Ich komme noch!

GASTON. Übermorgen vielleicht!

HELMUTH. Gleich! – Jetzt! – O Gott, o Gott . . .

ALLE. Summa – summa cum laude!!

RUPRECHT *(das Stück nehmend).* Danke schön!

HELMUTH. Her, du Hund!

RUPRECHT. Du Schweinetier?

HELMUTH. Galgenvogel!!

RUPRECHT *(schlägt ihn ins Gesicht).* Da! *(Rennt davon.)*

HELMUTH *(ihm nachrennend).* Den schlag ich tot!

DIE ÜBRIGEN *(rennen hinterdrein).* Hetz, Packan! Hetz! Hetz! Hetz!

MELCHIOR *(allein, gegen das Fenster gewandt).* – Da geht der Blitzableiter hinunter. – Man muss ein Taschentuch drumwickeln. – Wenn ich an s i e denke, schießt mir immer das Blut in den Kopf. Und Moritz liegt mir wie Blei in den Füßen. – – – Ich gehe zur Redaktion. Bezahlen Sie mich per Hundert; ich kolportiere! – sammle Tagesneuigkeiten – schreibe – lokal – – ethisch – – psychophysisch . . . man verhungert nicht mehr so leicht. Volksküche, Café Temperence. – Das Haus ist sechzig Fuß hoch, und der Verputz bröckelt ab . . . Sie hasst mich – sie hasst mich, weil ich sie der Freiheit beraubt'. Handle ich, wie ich will, es bleibt Vergewaltigung. – Ich darf einzig hoffen, im Laufe der Jahre allmählich . . . Über acht Tage ist Neumond. Morgen schmiere ich die Angeln. Bis Sonnabend muss ich unter allen Umständen wissen, wer den Schlüssel hat. – Sonntag Abend in der Andacht kataleptischer Anfall – will's Gott, wird sonst niemand krank! – Alles liegt so klar, als wär es geschehen, vor mir. Über das Fenstergesims gelang ich mit Leichtigkeit – ein Schwung – ein Griff – aber man muss ein Taschentuch drumwickeln. – Da kommt der Großinquisitor. *(Ab nach links.)*

(Dr. P r o k r u s t e s mit einem S c h l o s s e r m e i s t e r von rechts.)

DR. PROKRUSTES. . . . Die Fenster liegen zwar im dritten Stock und unten sind Brennnesseln gepflanzt. Aber was kümmert sich die Entartung um Brennnesseln. – Vergangenen Winter stieg uns einer zur Dachluke hinaus und wir hatten die ganze Schererei mit dem Abholen, Hinbringen und Beisetzen . . .

DER SCHLOSSERMEISTER. Wünschen Sie die Gitter aus Schmiedeeisen?

DR. PROKRUSTES. Aus Schmiedeeisen – und, da man sie nicht einlassen kann, vernietet.

FÜNFTE SZENE

Ein Schlafgemach. – Frau Bergmann, Ina Müller und Medizinalrat Dr. v. Brausepulver. – Wendla im Bett.

DR. VON BRAUSEPULVER. Wie alt sind Sie denn eigentlich?

WENDLA. Vierzehneinhalb.

DR. VON BRAUSEPULVER. Ich verordne die Blaudschen Pillen seit fünfzehn Jahren und habe in einer großen Anzahl von Fällen die eklatantesten Erfolge beobachtet. Ich ziehe sie dem Lebertran und den Stahlweinen vor. Beginnen Sie mit drei bis vier Pillen pro Tag, und steigern Sie, so rasch Sie es eben vertragen. Dem Fräulein Elfriede Baronesse von Witzleben hatte ich verordnet, jeden dritten Tag um eine Pille zu steigern. Die Baronesse hatte mich missverstanden und steigerte jeden Tag um drei Pillen. Nach kaum drei Wochen schon konnte sich die Baronesse mit ihrer Frau Mama zur Nachkur nach Pyrmont begeben. – Von ermüdenden Spaziergängen und Extramahlzeiten dispensiere ich Sie. Dafür versprechen Sie mir, liebes Kind, sich umso fleißiger Bewegung machen zu wollen und ungeniert Nahrung zu fordern, sobald sich die Lust dazu wieder einstellt. Dann werden diese Herzbeklemmungen bald nachlassen – und der Kopfschmerz, das Frösteln, der Schwindel – und unsere schrecklichen Verdauungsstörungen. Fräulein Elfriede Baronesse von Witzleben genoss schon acht Tage nach begonnener Kur ein ganzes Brathühnchen mit jungen Pellkartoffeln zum Frühstück.

FRAU BERGMANN. Darf ich Ihnen ein Glas Wein anbieten, Herr Medizinalrat?

DR. VON BRAUSEPULVER. Ich danke Ihnen, liebe Frau Bergmann. Mein Wagen wartet. Lassen Sie sich's nicht so zu Herzen gehen. In wenigen Wochen ist unsere liebe kleine Patientin wieder frisch und munter wie eine Gazelle. Seien Sie getrost. – Guten Tag, Frau Bergmann. Guten Tag, liebes Kind. Guten Tag, meine Damen. Guten Tag.

(Frau Bergmann geleitet ihn vor die Tür.)

INA *(am Fenster)*. Nun färbt sich eure Platane schon wieder bunt. – Siehst du's vom Bett aus? – Eine kurze Pracht, kaum recht der Freude wert, wie man sie so kommen und gehen sieht. – Ich muss nun auch bald gehen. Müller erwartet mich vor der Post, und ich muss zuvor noch zur Schneiderin. Mucki bekommt seine ersten Höschen, und Karl soll einen neuen Trikotanzug auf den Winter haben.

WENDLA. Manchmal wird mir so selig – alles Freude und Sonnenglanz. Hätt ich geahnt, dass es einem so wohl ums Herz werden kann! Ich möchte hinaus, im Abendschein über die Wiesen gehn, Himmelsschlüssel suchen den Fluss entlang und mich ans Ufer setzen und träumen ... Und dann kommt das Zahnweh, und ich meine, dass ich morgen am Tag sterben muss; mir wird heiß und kalt, vor den Augen verdunkelt sich's, und dann flattert das Untier herein – – – Sooft ich aufwache, seh ich Mutter weinen. Oh, das tut mir so weh – ich kann's dir nicht sagen, Ina!

INA. Soll ich dir nicht das Kopfkissen höher legen?

FRAU BERGMANN *(kommt zurück).* Er meint, das Erbrechen werde sich auch geben; und du sollst dann nur ruhig wieder aufstehn ... Ich glaube auch, es ist besser, wenn du bald wieder aufstehst, Wendla.

INA. Bis ich das nächste Mal vorspreche, springst du vielleicht schon wieder im Haus herum. – Leb wohl, Mutter. Ich muss durchaus noch zur Schneiderin. Behüt dich Gott, liebe Wendla. *(Küsst sie.)* Recht, recht baldige Besserung!

WENDLA. Leb wohl, Ina. – Bring mir Himmelsschlüssel mit, wenn du wiederkommst. Adieu. Grüße deine Jungens von mir.

(Ina ab.)

WENDLA. Was hat er noch gesagt, Mutter, als er draußen war?

FRAU BERGMANN. Er hat nichts gesagt. – Er sagte, Fräulein von Witzleben habe auch zu Ohnmachten geneigt. Es sei das fast immer so bei der Bleichsucht.

WENDLA. Hat er gesagt, Mutter, dass ich die Bleichsucht habe?

FRAU BERGMANN. Du sollest Milch trinken und Fleisch und Gemüse essen, wenn der Appetit zurückgekehrt sei.

WENDLA. O Mutter, Mutter, ich glaube, ich habe nicht die Bleichsucht ...

FRAU BERGMANN. Du hast die Bleichsucht, Kind. Sei ruhig, Wendla, sei ruhig; du hast die Bleichsucht.

WENDLA. Nein, Mutter, nein! Ich weiß es. Ich fühl es. Ich habe nicht die Bleichsucht. Ich habe die Wassersucht ...

FRAU BERGMANN. Du hast die Bleichsucht. Er hat es ja gesagt, dass du die Bleichsucht hast. Beruhige dich, Mädchen. Es wird besser werden.

WENDLA. Es wird nicht besser werden. Ich habe die Wassersucht. Ich muss sterben, Mutter. – O Mutter, ich muss sterben!

FRAU BERGMANN. Du musst nicht sterben, Kind! Du musst nicht sterben ... Barmherziger Himmel, du musst nicht sterben!

WENDLA. Aber warum weinst du dann so jammervoll?

FRAU BERGMANN. Du musst nicht sterben – Kind! Du hast

nicht die Wassersucht. Du hast ein Kind, Mädchen! Du hast ein Kind! – Oh, warum hast du mir das getan!

WENDLA. Ich habe dir nichts getan –

FRAU BERGMANN. O leugne nicht noch, Wendla! – Ich weiß alles. Sieh, ich hätt es nicht vermocht, dir ein Wort zu sagen. – Wendla, meine Wendla . . .!

WENDLA. Aber das ist ja nicht möglich, Mutter. Ich bin ja doch nicht verheiratet . . .!

FRAU BERGMANN. Großer, gewaltiger Gott –, das ist's ja, dass du nicht verheiratet bist! Das ist ja das Fürchterliche! – Wendla, Wendla, Wendla, was hast du getan!!

WENDLA. Ich weiß es, weiß Gott, nicht mehr! Wir lagen im Heu . . . Ich habe keinen Menschen auf dieser Welt geliebt als nur dich, dich, Mutter.

FRAU BERGMANN. Mein Herzblatt –

WENDLA. O Mutter, warum hast du mir nicht alles gesagt!

FRAU BERGMANN. Kind, Kind, lass uns einander das Herz nicht noch schwerer machen! Fasse dich! Verzweifle mir nicht, mein Kind! Einem vierzehnjährigen Mädchen das sagen! Sieh, ich wäre eher darauf gefasst gewesen, dass die Sonne erlischt. Ich habe an dir nicht anders getan, als meine liebe gute Mutter an mir getan hat. – O lass uns auf den lieben Gott vertrauen, Wendla; lass uns auf Barmherzigkeit hoffen, und das Unsrige tun! Sieh, noch ist ja nichts geschehen, Kind. Und wenn nur wir jetzt nicht kleinmütig werden, dann wird uns auch der liebe Gott nicht verlassen. – Sei mutig, Wendla, sei mutig! – – So sitzt man einmal am Fenster und legt die Hände in den Schoß, weil sich doch noch alles zum Guten gewandt, und da bricht's dann herein, dass einem gleich das Herz bersten möchte . . . Wa – was zitterst du?

WENDLA. Es hat jemand geklopft.

FRAU BERGMANN. Ich habe nichts gehört, liebes Herz. –

(Geht an die Tür und öffnet.)

WENDLA. Ach, ich hörte es ganz deutlich. – – Wer ist draußen?

FRAU BERGMANN. Niemand – – Schmidts Mutter aus der Gartenstraße. – – – Sie kommen eben recht, Mutter Schmidtin.

SECHSTE SZENE

W i n z e r und W i n z e r i n n e n im Weinberg. – Im Westen sinkt die Sonne hinter die Berggipfel. Helles Glockengeläute vom Tal herauf. – H ä n s c h e n R i l o w und E r n s t R ö b e l im höchstgelegenen Rebstück sich unter den überhängenden Felsen im welkenden Grase wälzend.

ERNST. Ich habe mich überarbeitet.

HÄNSCHEN. Lass uns nicht traurig sein! – Schade um die Minuten.

ERNST. Man sieht sie hängen und kann nicht mehr – und morgen sind sie gekeltert.

HÄNSCHEN. Ermüdung ist mir so unerträglich, wie mir's der Hunger ist.

ERNST. Ach, ich kann nicht mehr.

HÄNSCHEN. Diese leuchtende Muskateller noch!

ERNST. Ich bringe die Elastizität nicht mehr auf.

HÄNSCHEN. Wenn ich die Ranke beuge, baumelt sie uns von Mund zu Mund. Keiner braucht sich zu rühren. Wir beißen die Beeren ab und lassen den Kamm zum Stock zurückschnellen.

ERNST. Kaum entschließt man sich, und siehe, so dämmert auch schon die dahingeschwundene Kraft wieder auf.

HÄNSCHEN. Dazu das flammende Firmament – und die Abendglocken – Ich verspreche mir wenig mehr von der Zukunft.

ERNST. Ich sehe mich manchmal schon als hochwürdigen Pfarrer – ein gemütvolles Hausmütterchen, eine reichhaltige Bibliothek und Ämter und Würden in allen Kreisen. Sechs Tage hat man, um nachzudenken, und am siebenten tut man den Mund auf. Beim Spazierengehen reichen einem Schüler und Schülerinnen die Hand, und wenn man nach Hause kommt, dampft der Kaffee, der Topfkuchen wird aufgetragen, und durch die Gartentür bringen die Mädchen Äpfel herein. – Kannst du dir etwas Schöneres denken?

HÄNSCHEN. Ich denke mir halb geschlossene Wimpern, halb geöffnete Lippen und türkische Draperien. – Ich glaube nicht an das Pathos. Sieh, unsere Alten zeigen uns lange Gesichter, um ihre Dummheiten zu bemänteln. Untereinander nennen sie sich Schafsköpfe wie wir. Ich kenne das. – Wenn ich Millionär bin, werde ich dem lieben Gott ein Denkmal setzen. – Denke dir die Zukunft als Milchsette mit Zucker und Zimt. Der eine wirft sie um und heult, der andere rührt alles durcheinander und schwitzt. Warum nicht abschöpfen? – Oder glaubst du nicht, dass es sich lernen ließe?

ERNST. Schöpfen wir ab!

HÄNSCHEN. Was bleibt, fressen die Hühner. – Ich habe meinen Kopf nun schon aus so mancher Schlinge gezogen ...

ERNST. Schöpfen wir ab, Hänschen! – Warum lachst du?

HÄNSCHEN. Fängst du schon wieder an?

ERNST. Einer muss ja doch anfangen.

HÄNSCHEN. Wenn wir in dreißig Jahren an einen Abend wie heute zurückdenken, erscheint er uns vielleicht unsagbar schön!

ERNST. Und wie macht sich jetzt alles so ganz von selbst!

HÄNSCHEN. Warum also nicht!

ERNST. Ist man zufällig allein – dann weint man vielleicht gar.

HÄNSCHEN. Lass uns nicht traurig sein! – *(Er küsst ihn auf den Mund.)*

ERNST *(küsst ihn).* Ich ging von Hause fort mit dem Gedanken, dich nur eben zu sprechen und wieder umzukehren.

HÄNSCHEN. Ich erwartete dich. – Die Tugend kleidet nicht schlecht, aber es gehören imposante Figuren hinein.

ERNST. Uns schlottert sie noch um die Glieder. – Ich wäre nicht ruhig geworden, wenn ich dich nicht getroffen hätte. – Ich liebe dich, Hänschen, wie ich nie eine Seele geliebt habe ...

HÄNSCHEN. Lass uns nicht traurig sein! – Wenn wir in dreißig Jahren zurückdenken, spotten wir ja vielleicht! – Und jetzt ist alles so schön! Die Berge glühen; die Trauben hängen uns in den Mund, und der Abendwind streicht an den Felsen hin wie ein spielendes Schmeichelkätzchen ...

SIEBENTE SZENE

Helle Novembernacht. An Busch und Bäumen raschelt das dürre Laub. Zerrissene Wolken jagen unter dem Mond hin. – Melchior klettert über die Kirchhofmauer.

MELCHIOR *(auf der Innenseite herabspringend).* Hierher folgt mir die Meute nicht. – Derweil sie Bordelle absuchen, kann ich aufatmen und mir sagen, wie weit ich bin ... Der Rock in Fetzen, die Taschen leer – vor dem Harmlosesten bin ich nicht sicher. – Tagsüber muss ich im Wald weiterzukommen suchen ... Ein Kreuz habe ich niedergestampft. – Die Blümchen wären heut noch erfroren! – Ringsum ist die Erde kahl ... Im Totenreich! –

Aus der Dachluke zu klettern, war so schwer nicht wie dieser Weg! – Darauf nur war ich nicht gefasst gewesen …

Ich hänge über dem Abgrund – alles versunken, verschwunden – O wär ich dort geblieben!

Warum sie um meinetwillen! – Warum nicht der Verschuldete! – Unfassbare Vorsehung! – Ich hätte Steine geklopft und gehungert …!

Was hält mich noch aufrecht? – Verbrechen folgt auf Verbrechen. Ich bin dem Morast überantwortet. Nicht so viel Kraft mehr, um abzuschließen …

Ich war nicht schlecht! – Ich war nicht schlecht! – Ich war nicht schlecht …

– So neiderfüllt ist noch kein Sterblicher über Gräber gewandelt. – Pah – ich brächte ja den Mut nicht auf! – Oh, wenn mich Wahnsinn umfinge – in dieser Nacht noch!

Ich muss drüben unter den Letzten suchen! – Der Wind pfeift auf jedem Stein aus einer anderen Tonart – eine beklemmende Symphonie! – Die morschen Kränze reißen entzwei und baumeln an ihren langen Fäden stückweise um die Marmorkreuze – ein Wald von Vogelscheuchen! – Vogelscheuchen auf allen Gräbern, eine gräulicher als die andere – haushohe, vor denen die Teufel Reißaus nehmen. – Die goldenen Lettern blinken so kalt … Die Trauerweide ächzt auf und fährt mit Riesenfingern über die Inschrift …

Ein betendes Engelskind – Eine Tafel –

Eine Wolke wirft ihren Schatten herab. – Wie das hastet und heult! – Wie ein Heereszug jagt es im Osten empor. – Kein Stern am Himmel –

Immergrün um das Gärtlein? – Immergrün? – – Mädchen …

Und ich bin ihr Mörder. – Ich bin ihr Mörder! – Mir bleibt die Verzweiflung. – Ich darf hier nicht weinen. – Fort von hier! – Fort –

MORITZ STIEFEL *(seinen Kopf unter dem Arm, stapft über die Gräber her).* Einen Augenblick, Melchior! Die Gelegenheit wiederholt sich so bald nicht. Du ahnst nicht, was mit Ort und Stunde zusammenhängt ...

MELCHIOR. Wo kommst du her?!

MORITZ. Von drüben – von der Mauer her. Du hast mein Kreuz umgeworfen. Ich liege an der Mauer. – Gib mir die Hand, Melchior ...

MELCHIOR. Du bist nicht Moritz Stiefel!

MORITZ. Gib mir die Hand. Ich bin überzeugt, du wirst mir Dank wissen. So leicht wird's dir nicht mehr! Es ist ein seltsam glückliches Zusammentreffen. – Ich bin extra heraufgekommen ...

MELCHIOR. Schläfst du denn nicht?

MORITZ. Nicht, was ihr Schlafen nennt. – Wir sitzen auf Kirchtürmen, auf hohen Dachgiebeln – wo immer wir wollen ...

MELCHIOR. Ruhelos?

MORITZ. Vergnügungshalber. – Wir streifen um Maibäume, um einsame Waldkapellen. Über Volksversammlungen schweben wir hin, über Unglücksstätten, Gärten, Festplätze. – In den Wohnhäusern kauern wir im Kamin und hinter den Bettvorhängen. – Gib mir die Hand. – Wir verkehren nicht untereinander, aber wir sehen und hören alles, was in der Welt vor sich geht. Wir wissen, dass alles Dummheit ist, was die Menschen tun und erstreben, und lachen darüber.

MELCHIOR. Was hilft das?

MORITZ. Was braucht es zu helfen? – Wir sind für nichts mehr erreichbar, nicht für Gutes noch Schlechtes. Wir stehen hoch, hoch über dem Irdischen – jeder für sich allein. Wir verkehren nicht miteinander, weil uns das zu langweilig ist. Keiner von uns hegt noch etwas, das ihm abhanden kommen könnte. Über Jammer oder Jubel sind wir gleich unermesslich erhaben. Wir sind mit uns zufrieden, und das ist alles! – Die Lebenden verachten wir unsagbar, kaum dass wir sie bemitleiden. Sie erheitern uns mit ihrem Getue, weil sie als Lebende tatsächlich nicht zu bemitleiden sind. Wir lächeln bei ihren Tragödien – jeder für sich – und stellen unsere Betrachtungen an. – Gib mir die Hand! Wenn du mir die Hand gibst, fällst du um vor Lachen über dem Empfinden, mit dem du mir die Hand gibst ...

MELCHIOR. Ekelt dich das nicht an?

MORITZ. Dazu stehen wir zu hoch. Wir lächeln! – An meinem Begräbnis war ich unter den Leidtragenden. Ich habe mich recht gut unterhalten. Das ist Erhabenheit, Melchior! Ich habe geheult wie keiner, und schlich zur Mauer, um mir vor Lachen den Bauch zu halten. Unsere unnahbare Erhabenheit ist tatsächlich der einzige Gesichtspunkt, unter dem der Quark sich verdauen lässt ... Auch über mich will man gelacht haben, eh ich mich aufschwang!

MELCHIOR. Mich lüstet's nicht, über mich zu lachen.

MORITZ. ... Die Lebenden sind als solche wahrhaftig nicht zu bemitleiden! – Ich gestehe, ich hätte es auch nie gedacht. Und jetzt ist es mir unfassbar, wie man so naiv sein kann. Jetzt durchschaue ich den Trug so klar, dass auch nicht ein Wölkchen bleibt. – Wie magst du nur zaudern, Melchior! Gib mir die Hand! Im Halsumdrehen stehst du himmelhoch über dir. – Dein Leben ist Unterlassungssünde ...

MELCHIOR. – Könnt ihr vergessen?

MORITZ. Wir können alles. Gib mir die Hand! Wir können die Jugend bedauern, wie sie ihre Bangigkeit für Idealismus hält, und das Alter, wie ihm vor stoischer Überlegenheit das Herz brechen will. Wir sehen den Kaiser vor Gassenhauern und den Lazzaroni vor der jüngsten Posaune beben. Wir ignorieren die Maske des Komödianten und sehen den Dichter im Dunkeln die Maske vornehmen. Wir erblicken den Zufriedenen in seiner Bettelhaftigkeit, im Mühseligen und Beladenen den Kapitalisten. Wir beobachten Verliebte und sehen sie voreinander erröten, ahnend, dass sie betrogene Betrüger sind. Eltern sehen wir Kinder in die Welt setzen, um ihnen zurufen zu können: Wie glücklich ihr seid, solche Eltern zu haben! – und sehen die Kinder hingehn und desgleichen tun. Wir können die Unschuld in ihren einsamen Liebesnöten, die Fünfgroschendirne über der Lektüre Schillers belauschen ... Gott und den Teufel sehen wir sich voreinander blamieren und hegen in uns das durch nichts zu erschütternde Bewusstsein, dass beide betrunken sind ... Eine Ruhe, eine Zufriedenheit, Melchior –! Du brauchst mir nur den kleinen Finger zu reichen. – Schneeweiß kannst du werden, eh sich dir der Augenblick wieder so günstig zeigt!

MELCHIOR. – Wenn ich einschlage, Moritz, so geschieht es aus Selbstverachtung. – Ich sehe mich geächtet. Was mir Mut verlieh, liegt im Grabe. Edler Regungen vermag ich mich nicht mehr für würdig zu halten – und erblicke nichts, nichts, das sich mir auf meinem Niedergang noch entgegenstellen sollte. – Ich bin mir die verabscheuungswürdigste Kreatur des Weltalls ...

MORITZ. Was zauderst du ...?

(Ein vermummter Herr tritt auf.)

DER VERMUMMTE HERR *(zu Melchior).* Du bebst ja vor Hunger. Du bist gar nicht befähigt, zu urteilen. – *(Zu Moritz.)* Gehen Sie.

MELCHIOR. Wer sind Sie?

DER VERMUMMTE HERR. Das wird sich weisen. – *(Zu Moritz.)* Verschwinden Sie! – Was haben Sie hier zu tun! – Warum haben Sie denn den Kopf nicht auf?

MORITZ. Ich habe mich erschossen.

DER VERMUMMTE HERR. Dann bleiben Sie doch, wo Sie hingehören. Dann sind Sie ja vorbei. Belästigen Sie uns hier nicht mit Ihrem Grabgestank. Unbegreiflich – sehen Sie doch nur Ihre Finger an. Pfui Teufel noch mal! Das zerbröckelt schon.

MORITZ. Schicken Sie mich bitte nicht fort ...

MELCHIOR. Wer sind Sie, mein Herr??

MORITZ. Schicken Sie mich nicht fort! Ich bitte Sie. Lassen Sie mich hier noch ein Weilchen teilnehmen; ich will Ihnen in nichts entgegensein. – – Es ist unten so schaurig.

DER VERMUMMTE HERR. Warum prahlen Sie denn dann mit Erhabenheit?! – Sie wissen doch, dass das Humbug ist – saure Trauben! Warum lügen Sie geflissentlich, Sie – Hirngespinst! – – Wenn Ihnen eine so schätzenswerte Wohltat damit geschieht, so bleiben Sie meinetwegen. Aber hüten Sie sich vor Windbeuteleien, lieber Freund – und lassen Sie mir bitte Ihre Leichenhand aus dem Spiel!

MELCHIOR. Sagen Sie mir endlich, wer Sie sind, oder nicht?!

DER VERMUMMTE HERR. Nein. – Ich mache dir den Vorschlag, dich mir anzuvertrauen. Ich würde fürs Erste für dein Fortkommen sorgen.

MELCHIOR. Sie sind – mein Vater?!

DER VERMUMMTE HERR. Würdest du deinen Herrn Vater nicht an der Stimme erkennen?

MELCHIOR. Nein.

DER VERMUMMTE HERR. – Dein Herr Vater sucht Trost zur Stunde in den kräftigen Armen deiner Mutter. – Ich erschließe dir die Welt. Deine momentane Fassungslosigkeit entspringt deiner miserablen Lage. Mit einem warmen Abendessen im Leib spottest du ihrer.

MELCHIOR *(für sich).* Es kann nur einer der Teufel sein! – *(Laut.)* Nach dem, was ich verschuldet, kann mir ein warmes Abendessen meine Ruhe nicht wiedergeben!

DER VERMUMMTE HERR. Es kommt auf das Abendessen an! – So viel kann ich dir sagen, dass die Kleine vorzüglich geboren hätte. Sie war musterhaft gebaut. Sie ist lediglich den Abortivmitteln der Mutter Schmidtin erlegen. – – Ich führe dich unter Menschen. Ich gebe dir Gelegenheit, deinen Horizont in der fabelhaftesten Weise zu erweitern. Ich mache dich ausnahmslos mit allem bekannt, was die Welt Interessantes bietet.

MELCHIOR. Wer sind Sie? Wer sind Sie? – Ich kann mich einem Menschen nicht anvertrauen, den ich nicht kenne.

DER VERMUMMTE HERR. Du lernst mich nicht kennen, ohne dich mir anzuvertrauen.

MELCHIOR. Glauben Sie?

DER VERMUMMTE HERR. Tatsache! – Übrigens bleibt dir ja keine Wahl.

MELCHIOR. Ich kann jeden Moment meinem Freunde hier die Hand reichen.

DER VERMUMMTE HERR. Dein Freund ist ein Scharlatan. Es lächelt keiner, der noch einen Pfennig in bar besitzt. Der erhabene Humorist ist das erbärmlichste, bedauernswerteste Geschöpf der Schöpfung!

MELCHIOR. Sei der Humorist, was er sei; Sie sagen mir, wer Sie sind, oder ich reiche dem Humoristen die Hand!

DER VERMUMMTE HERR. – Nun?!

MORITZ. Er hat Recht, Melchior. Ich habe bramarbasiert. Lass dich von ihm traktieren und nütz ihn aus. Mag er noch so vermummt sein – er ist es wenigstens!

MELCHIOR. Glauben Sie an Gott?

DER VERMUMMTE HERR. Je nach Umständen.

MELCHIOR. Wollen Sie mir sagen, wer das Pulver erfunden hat?

DER VERMUMMTE HERR. Berthold Schwarz – alias Konstantin Anklitzen – um 1330 Franziskanermönch zu Freiburg im Breisgau.

MORITZ. Was gäbe ich darum, wenn er es hätte bleiben lassen!

DER VERMUMMTE HERR. Sie würden sich eben erhängt haben!

MELCHIOR. Wie denken Sie über Moral?

DER VERMUMMTE HERR. Kerl – bin ich dein Schulknabe?!

MELCHIOR. Weiß ich, was Sie sind!!

MORITZ. Streitet nicht! – Bitte, streitet nicht. Was kommt dabei heraus! – Wozu sitzen wir, zwei Lebendige und ein Toter, nachts um zwei Uhr hier auf dem Kirchhof beisammen, wenn wir streiten wollen wie Saufbrüder! – Es soll mir ein Vergnügen sein, der Verhandlung mit beiwohnen zu dürfen. – Wenn ihr streiten wollt, nehme ich meinen Kopf unter den Arm und gehe.

MELCHIOR. Du bist immer noch derselbe Angstmeier!

DER VERMUMMTE HERR. Das Gespenst hat nicht Unrecht. Man soll seine Würde nicht außer Acht lassen. – Unter Moral verstehe ich das reelle Produkt zweier imaginärer Größen. Die imaginären Größen sind Sollen und Wollen. Das Produkt heißt Moral und lässt sich in seiner Realität nicht leugnen.

MORITZ. Hätten Sie mir das doch vorher gesagt! – Meine Moral hat mich in den Tod gejagt. Um meiner lieben Eltern willen griff ich zum Mordgewehr. „Ehre Vater und Mutter, auf dass du lange lebest." An mir hat sich die Schrift phänomenal blamiert.

DER VERMUMMTE HERR. Geben Sie sich keinen Illusionen hin, lieber Freund! Ihre lieben Eltern wären so wenig daran gestorben wie Sie. Rigoros beurteilt, würden sie ja lediglich aus gesundheitlichem Bedürfnis getobt und gewettert haben.

MELCHIOR. Das mag so weit ganz richtig sein. – Ich kann Ihnen aber mit Bestimmtheit sagen, mein Herr, dass, wenn ich Moritz vorhin ohne weiteres die Hand gereicht hätte, einzig und allein meine Moral die Schuld trüge.

DER VERMUMMTE HERR. Dafür bist du eben nicht Moritz!

MORITZ. Ich glaube doch nicht, dass der Unterschied so wesentlich ist – zum Mindesten nicht so zwingend, dass Sie nicht auch mir zufällig hätten begegnen dürfen, verehrter Unbekannter, als ich damals, das Pistol in der Tasche, durch die Erlenpflanzungen trabte.

DER VERMUMMTE HERR. Erinnern Sie sich meiner denn nicht? Sie standen doch wahrlich auch im letzten Augenblick noch zwischen Tod und Leben. – Übrigens ist hier meines Erachtens doch wohl nicht ganz der Ort, eine so tief greifende Debatte in die Länge zu ziehen.

MORITZ. Gewiss, es wird kühl, meine Herren! – Man hat mir zwar meinen Sonntagsanzug angezogen, aber ich trage weder Hemd noch Unterhosen.

MELCHIOR. Leb wohl, lieber Moritz. Wo dieser Mensch mich hinführt, weiß ich nicht. Aber er ist ein Mensch ...

MORITZ. Lass mich's nicht entgelten, Melchior, dass ich dich umzubringen suchte! Es war alte Anhänglichkeit. – Zeitlebens wollte ich nur klagen und jammern dürfen, wenn ich dich nun noch einmal hinausbegleiten könnte!

DER VERMUMMTE HERR. Schließlich hat jeder sein Teil – Sie das beruhigende Bewusstsein, nichts zu haben – du den enervierenden Zweifel an allem. – Leben Sie wohl.

MELCHIOR. Leb wohl, Moritz! Nimm meinen herzlichen Dank dafür, dass du mir noch erschienen. Wie manchen frohen ungetrübten Tag wir nicht miteinander verlebt haben in den vierzehn Jahren! Ich verspreche dir, Moritz, mag nun werden was will, mag ich in den kommenden Jahren zehnmal ein anderer werden, mag es aufwärts oder abwärts mit mir gehn, dich werde ich nie vergessen . . .

MORITZ. Dank, Dank, Geliebter.

MELCHIOR. . . . und wenn ich einmal ein alter Mann in grauen Haaren bin, dann stehst gerade du mir vielleicht wieder näher als alle Mitlebenden.

MORITZ. Ich danke dir. – Glück auf den Weg, meine Herren! – Lassen Sie sich nicht länger aufhalten.

DER VERMUMMTE HERR. Komm, Kind! – *(Er legt seinen Arm in denjenigen Melchiors und entfernt sich mit ihm über die Gräber hin.)*

MORITZ *(allein)*. – Da sitze ich nun mit meinem Kopf im Arm. – – Der Mond verhüllt sein Gesicht, entschleiert sich wieder und sieht um kein Haar gescheiter aus. – – So kehre ich denn zu meinem Plätzchen zurück, richte mein Kreuz auf, das mir der Tollkopf so rücksichtslos niedergestampft, und wenn alles in Ordnung, leg ich mich wieder auf den Rücken, wärme mich an der Verwesung und lächle . . .

NACHWORT

Während Gerhart Hauptmann in „Der Biberpelz“ (1893 – Hamburger Leseheft 179) die erstarrten politischen Ansichten und Carl Sternheim in „Die Hose“ (1911) die doppelbödige Moral des Bürgertums in Komödien kritisieren, zeigt Wedekind (1864–1918) in „Frühlings Erwachen“ (1891) die verknöcherte „Sittliche Weltordnung“ in schonungsloser Schärfe. Die Namen, die er den Lehrern, dem Geistlichen und dem Arzt als Vertretern des Bildungsbürgertums gibt, der Ablauf des Strafgerichts, die Sprache hier und in der Beerdigungsszene sind von sarkastischer und entlarvender Schärfe und wurden folgerichtig, als es nach 15 Jahren endlich zur Aufführung kam, von der Zensur beanstandet. Für die Uraufführung 1906 verfügte die Berliner Polizeidirektion Streichungen bzw. Änderungen (z. B. der Lehrernamen, u. a. in: Friedepohl, Wunderhold, Ehrsam). In Königsberg wurde das Stück vom Regierungspräsidenten verboten und erst 1912 durch Entscheidung des Oberverwaltungsgerichts zugelassen. Und noch in unseren Tagen hat eine Inszenierung des Stücks am Ulmer Theater 1982 zu erregten Protesten, Verlassen des Zuschauerraums und zu einem „Sturzbach von Briefen“ (Südwest Presse v. 23. 4. 1982) mit dem Vorwurf der Pornographie und Kündigungen von Abonnements geführt.

Wedekind hat sich wiederholt zu seinem Stück und der damit verbundenen Absicht geäußert. Als sein Ziel nennt er „die Erscheinungen der Pubertät bei der heranwachsenden Jugend poetisch zu gestalten . . ., um denselben wenn möglich bei Erziehern, Eltern und Lehrern zu einer humaneren rationelleren Beurtheilung zu verhelfen“ (1891). Über die Uraufführung 1906 in Berlin schreibt er: „Frühlings Erwachen wurde schweigend hingenommen. Es hat sich buchstäblich nicht eine Hand gerührt.“ Und an anderer Stelle heißt es: „Ich wurde . . . erst zur 10. Probe zugelassen und fand da eine leibhaftige wirkliche Tragödie mit den höchsten dramatischen Tönen vor, in der der Humor gänzlich fehlte“ und weiter: „Ich glaube, daß das Stück um so ergreifender wirkt, je harmloser, je sonniger, je lachender es gespielt wird . . . Ich glaube, daß das Stück, wenn die Tragik und Leidenschaftlichkeit betont wird, leicht abstoßend wirken kann“ (1907).

In „Was ich mir dabei dachte“ (1911) äußert Wedekind sich zur Entstehungsgeschichte: „Ich begann zu schreiben ohne irgendeinen Plan, mit der Absicht zu schreiben, was mir Vergnügen macht. Der Plan entstand nach der dritten Szene und setzte sich aus persönlichen Erlebnissen oder Erlebnissen meiner Schulkameraden zusammen. Fast jede Szene entspricht einem wirklichen Vorgang. Sogar die Worte: ‚Der Junge war nicht von mir‘, die man mir als krasse Übertreibung vorgeworfen, fielen in Wirklichkeit (Anmerkung der Herausgeber: die Reaktion ‚Prahlhans‘ auf Moritz’ Selbstmordabsichten ist leider ebenfalls schreckliche Wirklichkeit!). Während der Arbeit bildete ich mir etwas darauf ein, in keiner Szene, sei sie noch so ernst, den Humor zu verlieren. Bis zur Aufführung durch Reinhardt (Anm. d. Hgb.: die Uraufführung 1906) galt das Stück als reine Pornographie. Jetzt hat man sich dazu aufgerafft, es als trockenste Schulmeisterei anzuerkennen. Humor will noch immer niemand darin sehen.“

Etwas später schreibt er: „Zehn Jahre lang, von 1891 bis etwa 1901, wurde das Stück allgemein ... für eine Unflätigkeit gehalten. Seit etwa 1901 ... hält man es nun für eine bitterböse, steinernste Tragödie, für ein Tendenzstück, für eine Streitschrift im Dienste der sexuellen Aufklärung und was der spießbürgerlich pedantischen Schlagworte mehr sind. Nimmt mich wunder, ob ich es noch erleben werde, daß man das Buch endlich für das nimmt, als was ich es vor zwanzig Jahren geschrieben habe, für ein sonniges Abbild des Lebens ..."

Zwar findet um die Jahrhundertwende der Jugendstil Eingang in die Kunst, wird 1901 der „Wandervogel" gegründet und 1902 Ellen Keys reformpädagogisches Buch „Das Jahrhundert des Kindes" in deutscher Übersetzung veröffentlicht – aber wie die Kunstrichtung vorwiegend ornamental, dekorativ aufgefasst wird, so äußert sich in der Wanderbewegung der Protest auch nur in romantischer Verbrämung. Die Fassadenhaftigkeit des Denkens zeigt Wedekind außer in den Lehrerzimmer- und Friedhofszenen nicht zuletzt auch im privaten Bereich: Frau Bergmann weicht der von Wendla erflehten sexuellen Aufklärung durch formelhafte Verherrlichung der ehelichen (!) Liebe aus, obwohl ihre ältere Tochter, Ina Müller, bei der Eheschließung bereits schwanger war (vgl. II, 2), also „heiraten musste". Aber auch das Gespräch, das Herr Gabor mit seiner Frau führt (III, 3), zeigt das statuarische Denken in Geschlechterrollen. Hier wäre ein Vergleich mit Christa Wolfs Erzählung „Selbstversuch" (in: „Frauen in der DDR", dtv Nr. 1174) und ihrer „Büchner-Preis-Rede 1980" (in: „Lesen und Schreiben", Sammlung Luchterhand 295) recht erhellend.

Die Darstellung und Bewertung von Jugendlichen und ihrer sexuellen bzw. schulischen Probleme ließe sich im Zusammenhang betrachten durch einen Vergleich mit Hermann Hesses Roman „Unterm Rad" (1906), Robert Musils Roman „Die Verwirrungen des Zöglings Törleß" (1906) und Friedrich Torbergs Roman „Der Schüler Gerber hat absolviert" (1930), aber auch anschaulich gegenüberstellen den Erzählungen von Christine Nöstlinger (Schul-, Erziehungs- und Sexualprobleme Jugendlicher aus heutiger Sicht meist humorvoll verpackt, z. B. „Olfi Obermeier und der Ödipus", „Andreas", „Luki-live", „Ilse Janda, 14" sowie in grotesker Kontrastierung „Konrad oder Das Kind aus der Konservendose"). Auf der anderen Seite wäre die Heranziehung von Beispielen zur Jugendliteratur aus der Kaiserzeit aufschlussreich (vgl. die Zusammenstellung in „Handreichungen des Nieders. Kultusministers f. d. Unter., A, Folge 3, 1975, S. 54–60) sowie schließlich die Betrachtung der Komödie „Der Hofmeister oder Vorteile der Privaterziehung" von Jakob Michael Reinhold Lenz (Hamburger Leseheft 168).

Reaktionen auf die Aufführung in Ulm 1982:

„... die ganze Aufführung ist gegen jegliche Moral, Anstand und gute Sitten ... Das ist ja wohl der Höhepunkt eines in Moral und Anstand tief gesunkenen Stadttheaters ..." (Südwest Presse, Leserbrief, 22. 4. 1982)

Am 6. 5. 1982 berichtete die Südwest Presse von einer Podiumsdiskussion im Ulmer Theater über das Stück, hier einige Ausschnitte:

„Denn, so faßte eine Frau die Meinungen zusammen: ‚Das ist ein ganz mutiges Schauspiel von Herrn Wedekind gegen die falsche Moral.' ...

Nach Meinung eines Abonnenten ist das Ulmer Theater ‚zur Sexbühne transformiert' worden, wogegen man das Bedürfnis habe, ‚geistig bereichert' zu werden ... Ein Schauspieler: ‚Wenn, dann findet das Obszöne keineswegs auf der Bühne, sondern in unseren Köpfen statt.'"

Schließlich aus einem Gespräch von Redakteuren derselben Zeitung mit 15- bis 18-jährigen Gymnasialschülern:

„Frage: Waren für euch die Lehrerfiguren zu überspitzt dargestellt, oder habt ihr da euren Alltag wiedererkannt?

Schüler: Die Lehrer-Karikaturen waren Spitzenklasse. (Und, unter zustimmendem Gelächter:) Das war nicht übertrieben, sondern bittere Realität. In den Konferenzen, wo über uns und unsere Noten entschieden wird, geht es doch auch so zu. Da wird lang und breit über Nebensächlichkeiten abgestimmt, so wie im Stück über ‚Fenster auf oder zu'."

Einige Textbeispiele von Georg Trakl (1887–1914), dem bedeutendsten Lyriker der expressionistischen Bewegung, mögen das Verständnis ergänzen. Sie wurden entnommen aus: Georg Trakl, Gedichte, Dramenfragmente, Briefe, ed. Franz Fühmann, Leipzig 1981.

DE PROFUNDIS

Es ist ein Stoppelfeld, in das ein schwarzer Regen fällt.
Es ist ein brauner Baum, der einsam dasteht.
Es ist ein Zischelwind, der leere Hütten umkreist
Wie traurig dieser Abend.

Am Weiler vorbei
Sammelt die sanfte Waise noch spärliche Ähren ein.
Ihre Augen weiden rund und goldig in der Dämmerung
Und ihr Schoß harrt des himmlischen Bräutigams.

Bei der Heimkehr
Fanden die Hirten den süßen Leib
Verwest im Dornenbusch.

Ein Schatten bin ich ferne finsteren Dörfern.
Gottes Schweigen
Trank ich aus dem Brunnen des Hains.

Auf meine Stirne tritt kaltes Metall.
Spinnen suchen mein Herz.
Es ist ein Licht, das in meinem Mund erlöscht.

Nachts fand ich mich auf einer Heide,
Starrend von Unrat und Staub der Sterne.
Im Haselgebüsch
Klangen wieder kristallne Engel.

VERFALL

Am Abend, wenn die Glocken Frieden läuten,
Folg ich der Vögel wundervollen Flügen,
Die lang geschart, gleich frommen Pilgerzügen,
Entschwinden in den herbstlich klaren Weiten.

Hinwandelnd durch den dämmervollen Garten
Träum ich nach ihren helleren Geschicken
Und fühl der Stunden Weiser kaum mehr rücken.
So folg ich über Wolken ihren Fahrten.

Da macht ein Hauch mich von Verfall erzittern.
Die Amsel klagt in den entlaubten Zweigen.
Es schwankt der rote Wein an rostigen Gittern,

Indes wie blasser Kinder Todesreigen
Um dunkle Brunnenränder, die verwittern,
Im Wind sich fröstelnd blaue Astern neigen.

Aus: TRAUM UND UMNACHTUNG

Niemand liebte ihn. Sein Haupt verbrannte Lüge und Unzucht in dämmernden Zimmern. Das blaue Rauschen eines Frauengewandes ließ ihn zur Säule erstarren und in der Tür stand die nächtige Gestalt seiner Mutter. Zu seinen Häupten erhob sich der Schatten des Bösen. Oh, ihr Nächte und Sterne. [. . .] Da es Nacht ward, zerbrach kristallen sein Herz und die Finsternis schlug seine Stirne. Unter kahlen Eichbäumen erwürgte er mit eisigen Händen eine wilde Katze. Klagend zur Rechten erschien die weiße Gestalt eines Engels, und es wuchs im Dunkel der Schatten des Krüppels. Er aber hob einen Stein und warf ihn nach jenem, dass er heulend floh, und seufzend verging im Schatten des Baums das sanfte Antlitz des Engels. Lange lag er auf steinigem Acker und sah staunend das goldene Zelt der Sterne. Von Fledermäusen gejagt, stürzte er fort ins Dunkel. Atemlos trat er ins verfallene Haus. Im Hof trank er, ein wildes Tier, von den blauen Wassern des Brunnens, bis ihn fror. Fiebernd saß er auf der eisigen Stiege, rasend gen Gott, dass er stürbe. Oh, das graue Antlitz des Schreckens, da er die runden Augen über einer Taube zerschnittener Kehle aufhob. [. . .] Oh, die verfallene Scheibe der Sonne. Süße Martern verzehrten sein Fleisch. In einem verödeten Durchhaus erschien ihm starrend von Unrat seine blutende Gestalt. Tiefer liebte er die erhabenen Werke des Steins; den Turm, der mit höllischen Fratzen nächtlich den blauen Sternenhimmel stürmt; das kühle Grab, darin des Menschen feuriges Herz bewahrt ist. Weh, der unsäglichen Schuld, die jenes kundtut.

ZEITTAFEL

1864 Benjamin Franklin Wedekind wird am 24. Juli als zweites von sechs Kindern des Arztes Friedrich Wilhelm Wedekind und seiner Frau Emilie, geb. Kammerer, in Hannover geboren.

1871 Übersiedlung der Familie nach Aarau in der Schweiz, wo der Vater das Schloss Lenzburg erwirbt.

1872 Wedekind tritt in die Gemeindeknabenschule in Lenzburg ein.

1875 Besuch der Bezirksschule in Lenzburg.

1879 Übergang auf das Gymnasium (Kantonsschule) in Aarau.

1884 Wedekind legt im Frühjahr die Abiturprüfung ab und beginnt im Sommer an der Universität Lausanne ein Studium der deutschen und französischen Literatur. Im Herbst Wechsel zum Jurastudium an die Münchener Universität.

1886 Auseinandersetzungen mit dem Vater über den weiteren Berufsweg. Wedekind arbeitet jetzt als Schriftsteller und Journalist und wird Vorsteher des Reklame- und Pressebüros der Firma Maggi in Kemptal.

1887 Auflösung des Vertrages mit Maggi, danach aber weitere Tätigkeit für die Firma als freier Mitarbeiter. Bekanntschaft mit dem Schriftsteller Carl Hauptmann, Bruder von Gerhart Hauptmann. Wedekind formuliert seine Kunsttheorie in dem Essay „Zirkusgedanken".

1888 Im Sommer nimmt Wedekind in Zürich das Jurastudium wieder auf. Bekanntschaft mit Gerhart Hauptmann. Dieser verarbeitete Wedekinds familiäre Probleme in seinem Drama „Das Friedensfest". Wedekind revanchierte sich mit der bissigen Komödie „Junge Welt". Im Oktober stirbt der Vater. Die Erbschaft ermöglicht Wedekind ein Leben als freier Schriftsteller, er bricht das Studium ab.

1889 Im Juli siedelt Wedekind nach München über, wo er Kontakt zu dem Schriftssteller Otto Julius Bierbaum erhält.

1891 *Frühlings Erwachen* (Drama). Uraufführung erst am 20. November 1906 an den Berliner Kammerspielen (Regie: Max Reinhardt). Im Dezember Umzug nach Paris.

1892 und im Folgejahr Aufenthalte in der Schweiz.

1894 Von Januar bis Juni Aufenthalt in London, in Paris Bekanntschaft mit August Strindberg und dem Verleger Albert Langen.

1895 Reise nach Berlin. *Der Erdgeist (*Trauerspiel), seit 1903 unter dem Titel „Lulu". Im Sommer Aufenthalt in München und im Herbst Reise nach Lenzburg und Zürich.

1896 Aufenthalt in München und Mitarbeit an der satirischen Wochenzeitschrift „Simplicissimus".

1897 *Die Fürstin Russalka* (Erzählungen). Übersiedlung nach Dresden zu Wedekinds Schwester Erika, einer berühmten Sängerin.

1898 Uraufführung von *Der Erdgeist* in Leipzig. Engagement am Münchener Schauspielhaus als Schauspieler und Dramaturg. Wegen eines satirischen Gedichts auf Kaiser Wilhelm II. flieht Wedekind im Herbst vor der Polizei in die Schweiz, von dort reist er im Dezember nach Paris weiter.

1899 Im Mai kehrt Wedekind nach Deutschland zurück und stellt sich der Polizei. Verurteilung zu einem halben Jahr Haft auf der Festung Königstein an der Elbe, Im Dezember Uraufführung des Dramas *Der Kammersänger* in Berlin.
1900 Nach Haftentlassung kehrt Wedekind im März nach München zurück. Rezitator im Kabarett „Überbrettl".
1901 Uraufführung von *Der Marquis von Keith* in Berlin. Mitglied des Kabaretts „Die Elf Scharfrichter".
1902 Uraufführung von *König Nicolo oder So ist das Leben* in München. *Die Büchse der Pandora* (Fortsetzung von „Der Erdgeist/Lulu") erscheint als Vorabdruck.
1904 Uraufführung von *Die Büchse der Pandora* in Nürnberg. Die Zensur erlaubt nur geschlossene Aufführungen, die Buchausgabe der *Büchse der Pandora* (Insel) wird beschlagnahmt. Bekanntschaft mit Walther Rathenau.
1905 Uraufführung des Dramas *Hidalla oder Sein und Haben* in München. Das Drama *Totentanz* erscheint in der von Karl Kraus herausgegebenen Zeitschrift „Fackel". *Die vier Jahreszeiten* (Gedichte). Bis 1908 Mitglied des Deutschen Theaters in Berlin.
1906 Im *Pandora*-Prozess werden Wedekind und sein Verleger Bruno Cassirer freigesprochen. Die Restauflage des Buches muss jedoch eingestampft werden. Uraufführung des *Totentanz* in Nürnberg. *Frühlings Erwachen* wird mit großem Erfolg an den Berliner Kammerspielen uraufgeführt, danach jedoch bis 1912 verboten. Am 1. Mai Ehe mit der Schauspielerin Tilly Newes, im Dezember Geburt der Tochter Pamela.
1908 Uraufführung der Komödie *Junge Welt* in Berlin. Im September Übersiedlung nach München.
1909 Uraufführung von *Die Zensur* in München.
1910 Aufenthalt in Darmstadt auf Einladung Großherzogs Ernst Ludwig von Hessen.
1911 Im August Geburt der Tochter Kadidja. Uraufführung von *Der Stein der Weisen* in Wien und von *Oaha* in München.
1912 Reise nach Stuttgart auf Einladung des Königs von Württemberg. Uraufführung des Dramas *Franziska* in München. *Gesammelte Werke* in neun Bänden.
1913 Im Sommer Reise nach Rom.
1914 Uraufführung von *Simson oder Scham und Eifersucht* in Berlin. Zu seinem fünfzigsten Geburtstag erfährt Wedekind zahlreiche Ehrungen. Im Sommer Reise nach Florenz und Paris. Während des Ersten Weltkrieges sind fast alle Stücke Wedekinds verboten.
1916 Im März Tod der Mutter.
1917 Uraufführung von *Schloss Wetterstein* in Zürich. Im Dezember Rückkehr nach München nach einem Selbstmordversuch seiner Frau.
1918 Wedekind stirbt am 9. März und wird in München bestattet.

ANMERKUNGEN

4 *Personen.* In den von Wedekind besorgten Buchausgaben fehlt das Personenverzeichnis

Rentier. Rentner, früher auch: Besitzer von Rentenverschreibungen, d. h. Wertpapieren

Sonnenstich usw. Durch die Namenwahl charakterisiert und kritisiert Wedekind auf das Drastischste geistige oder körperliche Schwächen

Habebald. Name eines der „Drei Gewaltigen" in Goethes „Faust, Zweiter Teil" (Vers 10334)

Pedell. Hausmeister, Schuldiener

Korrektionsanstalt. Besserungsanstalt

Prokrustes. In der griech. Mythologie ein Riese, der seine Gäste gewaltsam streckte bzw. ihnen die Glieder abhackte, um sie seinem Bett anzupassen

Der vermummte Herr. Symbolischer Gegenspieler des toten Moritz Stiefel, von Wedekind selbst gespielt. Mit seiner Widmung hat Wedekind das Drama dem Leben gewidmet, vgl. die Schlussszene des Stücks

5 *Prinzesskleidchen.* Um die Jahrhundertwende häufig getragenes eng anliegendes, kindlich wirkendes Kleid

Nachtschlumpe. Verächtlich gemeint, vgl. „Schlampe"

Volants. Stoffbesatz zur Verlängerung von Kleidungsstücken

6 *Diphtheritis.* Diphtherie, gefährliche Infektionskrankheit

zwischen Licht abends. Im abendlichen Zwielicht, Dämmerung

Homer. Griech. Dichter, 8. Jh. v. Chr., Verfasser der „Ilias" und der „Odyssee"

7 *Wozu gehen wir...* Wedekind wandelt den Ausspruch „Nicht für die Schule, sondern fürs Leben lernen wir" ab

Altona. Der heutige Stadtteil Hamburgs war bis 1937 preußisch, mit eigenem Hafen

emporgereckter Schweif. Hier äußert sich sexuelle Phantasie

Charybdis, Skylla. Nach der griechischen Mythologie (vgl. die Odyssee) ein gefährlicher Meeresstrudel, ihm gegenüber haust die Skylla, ein sechsköpfiges Ungeheuer

Dryade. In der griech. Mythologie eine Baumnymphe

Tunika. Im antiken Rom (ärmelloses) Untergewand

8 *so lange gepeitscht.* Hinweis auf den sexuellen Sadismus der fünften Szene

9 *Gethsemane.* Garten am Fuße des Ölbergs gegenüber Jerusalem, in dem Jesus vor der Gefangennahme gelitten hat (vgl. Evangelium nach Markus 14, 32)

10 *dekolletierte Cœurdame.* Herzdame (Spielkarte) mit tief ausgeschnittenem Kleid (vgl. die Selbstmordszene II, 7)

den Kleinen Meyer. Der Verlagsbuchhändler Joseph M. (1796–1856) gründete 1826 das „Bibliographische Institut" in Gotha. Ab 1840 erschien unter seiner Mitarbeit das Konversationslexikon

11 *gemütlich plaudern ...* Die Wendung steht im Widerspruch zur erregten Phantasie der Schüler

12 *Ponyhaare.* Die Ponyfrisur steht im Kontrast zu kindlicher wirkenden Zöpfen

„Wohl dem, der nicht wandelt". Beginn des 1. Psalms in Luthers Übersetzung: „... im Rat der Gottlosen, noch tritt auf den Weg der Sünder, noch sitzt, da die Spötter sitzen; sondern hat Lust zum Gesetz des Herrn ..."

13 *kümmerlicher blühn.* In anderen Ausgaben „kümmerlich erblühn" – vgl. jedoch Friedhofszene, III, 2: „Hier werden sie gedeihen."

14 *Alexander.* Alexander der Große, der griechische Philosoph Aristoteles war sein Lehrer

Sokrates. Nicht der griechische Philosoph Sokrates, sondern Diogenes wohnte angeblich in einer Tonne. Um den Verkauf des Eselsschattens geht es in einer Fabel Äsops. Hier wird also vieles in Halbbildung vermischt

16 *Sonntagnachmittag.* Gemeint ist Nachsitzen

promoviert. Hier so viel wie „versetzt"

Eselsbank. Früher die Strafbank für die dümmsten Schüler

17 *Prahlhans.* Leider gibt es auch in der Realität Fälle, dass jemandem, der Selbstmordabsichten äußert, so gefühllos geantwortet wird (vgl. dazu die Friedhofszene III, 2)

Dryade. Vgl. Anmerkung zu. S. 7

18 *Mattenklee.* Matte bedeutet so viel wie „Wiese"

Runse. Schweizerisch für Rinne (an Berghängen)

20 *dann würd ich geschlagen ...* Dem sadistischen Traum Melchiors in der zweiten Szene entspricht ein masochistischer Wendlas (vgl. Schluss dieser Szene)

22 *Polyphem.* In der griech. Mythologie riesenhafter Kyklop, Sohn des Poseidon, hielt Odysseus mit seinen Gefährten gefangen

der Kelch. Anspielung auf Jesu Leiden in Gethsemane (vgl. Anmerkung zu S. 9)

Aureole. Heiligenschein

23 *„Königin ohne Kopf".* Vgl. das Anti-Märchen in Büchners Drama „Woyzeck"

24 *Die Schule ersetzt Ihnen die Gesundheit nicht* – vgl. die Ermahnungen des Schuhmachermeisters Flaig in Hermann Hesses Roman „Unterm Rad"

Walpurgisnacht. Szene aus Goethes „Faust. Erster Teil" voller sexueller Anspielungen

25 *Gretchen.* Die Gretchentragödie in Goethes Drama

P... und V... Penis und Vagina, die Geschlechtsorgane

Plötz. Geschichtliches Nachschlagewerk

26 *Mantille* (span.). halblanger Damenmantel

Korsett. Schnürmieder.

Influenza. So viel wie „Grippe"

erst zwei Jahr ... seit ihrer Hochzeit

27 *ein Mann ... dreimal so groß ...* Wendlas Mutter, die doch selbst Märchen erzählt, fällt auf die Phantasterei ihrer Tochter herein

27 *die Wacht am Rhein.* 1840 entstandenes nationalistisches Lied gegen französische Annektionspläne
28 *ekstatisch.* Außer sich, verzückt
29 *Matrosentaille.* Matrosenkleid als Gegenstück zur Matrosenuniform der Jungen, gehörte zur „feinen“ Kinderkleidung des ausgehenden 19. Jh., vgl. die Erinnerungen Susanna Agnellis „Wir trugen immer Matrosenkleider“, München 1976, und Theodor Fontanes Roman „Effi Briest“ (Hamburger Leseheft 171, S. 6 u. Anmerkung dazu S. 255)
Hänschen Rilow. Treibt auf dem Abort Selbstbefriedigung
Hast du zur Nacht gebetet, Desdemona! Zitat aus „Othello“ von Shakespeare – als „geflügeltes Wort“ (Büchmann) Versatzstück aus dem Bildungsrepertoire der Zeit
Palma Vecchio. Italienischer Maler, 1480–1528
kontemplativ. Beschaulich
Diwan. Sofa, Ruhebett
30 *Springquell . . .* Bildhafter Hinweis auf die Selbstbefriedigung; aufschlussreich ist die schwülstige Sprache
Die Sache will's. Zitat aus „Othello“, ebenfalls aus der Mordszene des fünften Akts
Psyche. In der griech. Mythologie die personifizierte menschliche Seele, Geliebte des Eros (lat. Amor), des Liebesgottes
Thumann, Paul, 1834–1908, deutscher Maler
Io. In der griech. Mythologie Geliebte des Zeus
Corregio. 1484–1534, italienischer Maler
Galathea. In der griech. Mythologie eine Meernymphe, von dem verliebten Polyphem verfolgt
Lossow, Heinrich, 1843–1897, deutscher Maler
Bouguereau, Adolphe, 1825–1905, französischer Maler
J. van Beer. 1852–1927, belgischer Maler
Leda. In der griech. Mythologie Geliebte des Zeus, der sich ihr in Gestalt eines Schwans näherte und sie zur Mutter Helenas machte
Makart, Hans, 1840–1884, österreichischer Maler
Kollegienheft. Studentische Mitschrift von Vorlesungen
sieben. Anspielung auf die Sieben Todsünden der kath. Bußlehre
Tartarus. In der griech. Mythologie Abgrund unterhalb der Erde, Unterwelt
Blaubart. Ritter, Gestalt des gleichnamigen frz. Märchens, Mörder seiner Ehefrauen
Lurlei. Loreley, Gestalt in Brentanos Ballade „Lore Lay“ und in Heines Gedicht, den Rheinschiffern gefährliche Wasserfrau
Bodenhausen, Cuno, deutscher Maler des 19. Jh.
Linger, Friedrich, deutscher Kupferstecher des 18. Jh.
Defregger, Franz von, populärer Maler um die Wende zum 20. Jh., Szenen aus dem Tiroler Bauernleben
Josaphat. Tal, in dem Gottes Gericht über die Heiden hereinbrechen wird (Buch des Propheten Joel im Alten Testament, 4, 2)
Heliogabalus. Römischer Kaiser, 218–222, führte den Kult des Sonnengottes Elagabal ein, führte ein ausschweifendes Leben

Moritura . . . Abwandlung von „Ave, Imperator, morituri te salutant!“ (Heil dir, Kaiser! Die dem Tod Geweihten grüßen dich!) aus Suetons „Claudius“-Biographie: Die Todgeweihte grüßt mich

31 *Agnes.* Wegen ihrer Schönheit verfolgte christliche Römerin, schon früh als Heilige verehrt

Lasst sie mich euch nicht nennen . . . Die Szene schließt mit weiteren Zitaten aus „Othello“ V, 2 (alle nach der Übersetzung von Wolf Graf Baudissin)

Tenne. Fest gestampfter Scheunenboden

Matte. Vgl. Anmerkung zu S. 18

Bahrtuch. Leichentuch

34 *Riedgras.* In Feuchtgebieten wachsende Pflanzen

„Schlafe, mein Prinzchen . . .“ Wiegenlied aus der Zeit Mozarts

Cäcilienfest. Die heilige Cäcilia, eine römische Märtyrerin, Schutzheilige der Musik, ihr Gedenktag ist der 22. November

Partie. So viel wie Heiratsmöglichkeit

vorn und hinten ausgeschnitten . . . Vgl. Anmerkung zu S. 10

35 *das Menschlichste.* Gemeint ist der Geschlechtsverkehr

Grabstein. Für das Grab von Selbstmördern früher nicht üblich; sie wurden ohnehin nur außerhalb oder doch am Rande des Kirchhofs beigesetzt (vgl. Anmerkung zu S. 59)

Syenit. Granitähnliches, schön gefärbtes Gestein.

fünf Linden. Vgl. das Volkslied „Zogen einst fünf wilde Schwäne“

Rune. Germanisches Schriftzeichen

Etrurien. Das Land der Etrusker (Mittelitalien). Die Etrusker kannten keine Menschenopfer, doch mussten im Frühling (ver sacrum) Geborene mit Erreichen der Volljährigkeit das Land verlassen und anderswo siedeln

die kopflose Königin. Vgl. Anmerkung zu S. 23

Schale. Die Puppe der Raupe; Anspielung auf den Körper als Gefängnis der Seele

genieren. Stören

36 *Priapia.* Anspielung auf den griechischen Fruchtbarkeitsgott Priapos

Säulenheilige. Eremiten, die ihr Leben auf einer Säule zubrachten

Kapitäl. Kapitell („Köpfchen“), oberer Abschluss einer Säule

Kindesmörderin. Titelfigur eines Gedichts von Schiller

37 *wie Nilpferde gezecht.* Moritz erwidert auf Ilses Prahlerei seinerseits mit Aufschneiden und Angeberei

Redoute. So viel wie Tanzveranstaltung

persischer Schlafrock. Ilse schildert ein Gegenstück zu den schwülstigen Phantasien Hänschen Rilows in der dritten Szene

Leda. Vgl. Anmerkung zu S. 30

Ganymed. In der griech. Mythologie ein schöner Jüngling, Sinnbild ewiger Jugend

Nebuchod-Nosor. Nebukadnezar, üppig schwelgender König in Babylon, vgl. im Alten Testament Daniel, Kap. 5 („Menetekel“)

38 *Plafond.* frz. Zimmerdecke

Absinth. Branntwein mit Wermutzusatz, verursacht, im Übermaß genossen, Krämpfe und Lähmungen

38 *Fiaker.* Pferdedroschke
Sassaniden. Persisches Herrschergeschlecht (224–651)
Bergpredigt. Matthäus Kap. 5–7
Parallelepipedon. Geometrische Körper, von parallelen Flächen begrenzt (Würfel)
Wigwam, Tomahawk. Wedekind stellt den Aufschneidereien umtriebigen Lebensgenusses und den Versatzstücken sinnlos angehäuften Bildungsgutes Erinnerungen an die Kindheitsspiele gegenüber
40 *Pestalozzi,* Johann Heinrich, 1746–1827, schweiz. Pädagoge und Sozialreformer
Rousseau, Jean Jacques, 1712–1778, frz. Schriftsteller und Pädagoge. Zu den Bildern dieser reformerischen und nachwirkenden Pädagogen steht das dargestellte Verhalten des Lehrkörpers in zynischem Kontrast
Relegation. Verweisung von Hochschule oder Schule
Katakombe. Frühchristliche, unterirdische Begräbnisstätte in Rom (das im Text hinzugesetzte Adjektiv „unterirdisch“ ist ein Pleonasmus – ähnlich dem „weißen Schimmel“ – und zeigt das gedankenlose Gerede dieser Konferenzteilnehmer)
weiland. Ehemals, vormals
Wetzlarer Kammergericht. Reichskammergericht, von Kaiser Maximilian gegründet, von 1693–1806 mit Sitz in Wetzlar. Bekannt geworden durch Goethes Briefroman „Die Leiden des jungen Werther“ (1774)
41 *suspendieren.* Zeitweilig aufheben
42 *applizieren.* Anbringen
Effekten. Habseligkeiten
43 *Kalligraphie* (griech.). Schönschrift
44 *Langenscheidt,* Gustav, 1832–1895, Herausgeber von Wörterbüchern und Lehrbüchern fremder Spachen
agglutinierend. „anklebend“, d. h. die Konjugation durch Nachsilben an das Verb ausdrückend
Volapük. Heute nicht mehr gebräuchliche künstliche Weltsprache, ähnlich dem Esperanto. Der verworrene Ausruf soll das Urteil des empörten Rektors über Melchiors Abhandlung darstellen
45 *Herzklappenaffektion.* „Affektion“ als veralteter Ausdruck für Erkrankung
46 *Disposition.* Gliederung
stopsle ... zusammen. Suche mir zusammen
Demokrit. griech. Philosoph, um 460 v. Chr. geb., gest. zwischen 380 und 370 v. Chr.
Vergil. Römischer Dichter, 70–19 v. Chr.
47 *Zöpfe.* „Zopf“ bedeutet so viel wie überaltert, überholter Brauch. Anspielung auf die Rückständigkeit der Lehrer
48 *Korrektionsanstalt.* Vgl. Anmerkung zu S. 4
Wer zu schwach für den Marsch ist ... Die Evolutionstheorie Darwins überträgt Herr Gabor auf sein Erziehungsprogramm. Vgl. dazu auch die Redensart „Gelobt sei, was hart macht“ und Baldur v. Schirachs Forderung an die Hitlerjugend (HJ): „Flink wie Windhunde,

zäh wie Leder, hart wie Kruppstahl." Hitler übernahm diese Kennzeichnung.

49 *exzeptionell.* Außergewöhnlich
Korruption. Moralischer Verfall
eklatant. Offenkundig
diskontieren. Eine später fällige Forderung unter Zinsabzug erwerben

50 *frühlingsfroh.* Ein Hinweis auf den Titel!

51 *wer es trifft...* Wedekind zeigt in dieser Szene ein Wettmasturbieren, vgl. die entsprechende „Olympiade" in Günter Grass' Novelle „Katz und Maus"
Joseph. Sohn des Erzvaters Jakob aus dem Alten Testament, entzog sich den Nachstellungen der Frau des Potiphar (vgl. 1. Mose 39)
Rekreation. Erholung
Judas Schnur Thamar. Ein Hinweis auf Onan, Judas' Sohn, der kein Kind mit Thamar, der Witwe seines Bruders, zeugen wollte (vgl. 1. Mos. 38)
Moab. Loths Tochter hatte mit ihrem Vater Blutschande getrieben, Moab war ihr Sohn (vgl. 1. Mose 19, Verse 31–37)
Loth und seine Sippe. Vor der Vernichtung der Doppelstadt Sodom und Gomorrha wird Loth von zwei Engeln gewarnt, die von den Sodomitern zur Unzucht begehrt werden. Loth will ihnen statt ihrer seine beiden Töchter anbieten (vgl. 1. Mose Kap. 19)
Basti. Gemeint ist die persische Königin Vasthi, die sich nicht vor den Großen des Reichs zur Schau stellen wollte (vgl. im Alten Testament Buch Esther, Kap. 1+2)
Abisag. Pflegerin des Königs David. Sie wärmte ihn zwar in seinem Bett, es kam jedoch nicht zu Geschlechtsverkehr (vgl. im Alten Testament 1. Könige 1)
Physiognomie. Gesichtsausdruck

52 *summa cum laude.* (lat.) ausgezeichnet, mit höchstem Lob (Promotionsprädikat)
Hund, Schweinetier. Die Schimpfworte korrespondieren auf groteske Weise mit dem vulgären Treiben der Zöglinge
per Hundert. Gemeint ist zeilenweise Bezahlung, wie sie für freie Mitarbeiter von Zeitungen üblich ist
kolportieren. Mit Zeitschriften hausieren
Volksküche. Städtische Fürsorge-Einrichtung
Temperence. frz. tempérance = Mäßigkeit. Die Temperenzler, ein Mäßigkeitsverein, betrieben billige, alkolholfreie Gaststätten
kataleptisch. Von Muskelstarre befallen
Großinquisitor. Höchster Geistlicher der Inquisition, einer Behörde zur Aufspürung von Ketzern
einlassen. In die Wand einmauern

53 *Blaudsche Pillen.* Gegen Blutarmut
eklatant. vgl. Anmerkung zu S. 49
Stahlwein. Ein Eisenpräparat zur Bekämpfung der Blutarmut
dispensieren. Befreien
Müller. Ina spricht von ihrem Ehemann

54 *Bleichsucht.* Blutarmut
55 *ich bin ... nicht verheiratet.* Wendla bezieht sich auf den verschwommenen Aufklärungsversuch ihrer Mutter in II, 2
56 *Muskateller.* Rebsorte
sechs Tage ... die naive Verkennung der Berufspflichten führt zugleich zu einer Verkehrung der biblischen Schöpfungswoche mit dem siebten, dem Ruhetag (vgl. 1. Mose 1–2, 3)
Draperie. Künstlerische Gestaltung des Faltenwurfs bei Gewändern
Milchsette. Milchnapf (in dem die Milch ange„setzt" wird). – In Büchners Anti-Märchen in „Woyzeck" wird die Erde als „umgestürzter Hafen" bezeichnet
58 *„Selig sind ..."* Aus der Bergpredigt, Matth. 5, 8
59 *liege an der Mauer.* Als Selbstmörder wurde er von den anderen Gräbern entfernt beigesetzt
60 *Könnt ihr vergessen?* Anspielung auf den Monolog Hamlets in Shakespeares Drama (III, 1)
stoisch. Unerschütterlich, gleichmütig
Gassenhauer. Nachtschwärmer und ihre (zuweilen politisch spöttischen) Lieder
Lazzaroni. neapolitan. Arme, Bettler
die jüngste Posaune. Die Posaune des Jüngsten Gerichts (vgl. im Neuen Testament des 1. Brief an die Korinther, 15, 52)
61 *Humbug.* Unsinn, Schwindel
ich erschließe dir die Welt. In Goethes „Faust I" bietet Mephistopheles Faust seine Dienste an, damit dieser „erkennt, was die Welt / Im Innersten zusammenhält" (Vers 382f.)
62 *Abortivmittel.* Mittel zur Abtreibung
Scharlatan. Schwindler, Aufschneider
bramarbasieren. Aufschneiden, prahlen
traktieren. Reichlich anbieten, gut bewirten
alias. Mit anderem Namen
63 *Ehre Vater und Mutter ...* Das vierte Gebot, vgl. 2. Mose 20, 12
enervierend. Die Nerven beanspruchend, zerstörerisch